YURIA

YURIA

GLORIA HERNÁNDEZ

Número de Control de la Biblioteca del Congreso de EE. UU.:   2014912090
ISBN: Tapa Dura   978-1-4633-8795-2
                     Tapa Blanda   978-1-4633-8796-9
                     Libro Electrónico   978-1-4633-8797-6

Esta es una obra de ficción. Cualquier parecido con la realidad es mera coincidencia. Todos los personajes, nombres, hechos, organizaciones y diálogos en esta novela son o bien producto de la imaginación del autor o han sido utilizados en esta obra de manera ficticia.

Este libro fue impreso en los Estados Unidos de América.

Fecha de revisión: 03/07/2014

Para realizar pedidos de este libro, contacte con:
Palibrio LLC
1663 Liberty Drive
Suite 200
Bloomington, IN 47403
Gratis desde EE. UU. al 877.407.5847
Gratis desde México al 01.800.288.2243
Gratis desde España al 900.866.949
Desde otro país al +1.812.671.9757
Fax: 01.812.355.1576
ventas@palibrio.com
646752

"Daca I'naru Guanico Boriken."
Yuria

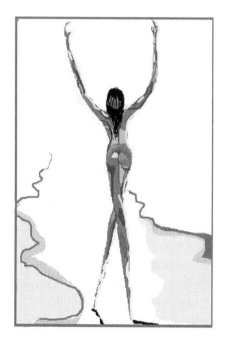

("Soy mujer. Ven a La Tierra del
Valiente y Noble Señor")
Yuria

En memoria y justicia a mis amados ancestros los indios tainos y los indios ancestros de toda América

DACA I'GNARU GUANICO BORIKEN

"SOY MUJER. VEN A LA TIERRA DEL VALIENTE Y NOBLE SENOR"

Yo, saliva, sangre y sudor, Yuria, hija del sol y del viento, taina de la isla de Borikén. Yo, que me adueño del aire cuando lo respiro, del sol cuando me toca, del agua que consumo, de los árboles que devoran mis ojos, de los frutos que me alimentan, de la lluvia que me sostiene y del mar que me nutre. Soy dueña de todo lo que poseo, el sol, la tierra, el mar, mi persona y mi goeiz.

Dueña de mis acciones y decisiones, en mis adentros, muy adentro donde ningún invasor penetra, les cuento pasados los años 1514 de la era de los blancos…

Para los años 1493 de los blancos, en uno de los muchos encuentros belicosos entre los indios tainos y los indios caribes, en las aguas turbulentas del mar cerca de las tierras de Sibukeira, en plena guerra de sangre, Taguey el principal de los tainos en el encuentro ora a los dioses;

¡Mar, tierra, aire, cielo! ¡Cemí de la vida!

Attabeira, diosa de la fertilidad, del viento y la marea, desata con Guabancex, Guataúba y Coatrixquie a Jurakán. Quiero morir con su furia antes de morir a manos de éstos caribes. Que no hagan de mi un esclavo, deshonra y deshonor para los míos. Aleja de mí la muerte a manos de hombres. Arrastra en tus aguas borrascosas mi vida. Que pueda volver al Coaibai así como he vivido fuera de él, lleno de nobleza, tesón y valentía. ¡Diosa de la marea líbranos!

Ora así, mientras lucha ferozmente con los indios caribes en las aguas que bordean las tierras de Sibukeira que ellos habitan.

Su sangre se mezcla con el agua salada que los salpica. Su piel cobriza brilla por el sol picante que se refleja en esas horas del día. Luchan desesperados. Las fuerzas comienzan a abandonarlos.

Taguey, guerrero de corazón piensa en un momento hundirse en el agua y aguantarse hasta morir ahogado. Que sus enemigos no disfruten la victoria al quitarle la vida, sobre todo a él que es noble de corazón y noble por ser nitaíno guerrero.

En ese parpadear de pensamientos, de invocación, de duda, y desgarradora desesperanza, aparecen a la vista unas grandes canoas.

La lucha es a muerte, la desventaja de los indios tainos es grande. Están en las aguas de tierra enemiga, en la cueva de los caribes.

En las grandes canoas ven unos hombres blancos. Ellos intervienen en la lucha y suben a los indios tainos a la gran canoa salvándolos de una muerte segura. Los caribes gritan desesperados al perder la oportunidad de humillar, esclavizar y/o matar a sus presas seguras. Frustrados los indios caribes dan media vuelta y regresan alicaídos a Sibukeira.

Agradecidos por la intervención de los blancos Taguey habla con los guerreros tainos que lo acompañan en esa travesía. "Hermanos, estamos a salvo por la intervención de nuestra venerada diosa Attabeira. Ella no desató la furia de las aguas como le pedimos, pero si nos envió estos blancos para ayudarnos en el momento preciso cuando ya desfallecíamos." ¡Grande es nuestra Diosa!

Salpicando sangre mezclada con agua salada, con los ojos enrojecidos y el corazón acelerado, enchumban la madera del piso de la gran canoa mientras miran a su alrededor llenos de júbilo, de agradecimiento y con cierto temor a los pálidos barbados que están en la gran canoa. Los miran llenos de curiosidad. ¡Tan diferentes! En voz baja dicen "no tienen color son como la culebra cuando muda el pellejo" "Tienen tantos pelos en el cuerpo que se le salen por los rotos de la nariz."

Una canoa con caribes embravecidos que no se conforman con haber perdido sus presas se acerca a la gran canoa de los blancos para atacar pero uno de los blancos los combate con un arma ruidosa, un arma que los tainos no conocen.

La sangre de los indios caribes baña el mar Caribe y los blancos aumentan la velocidad de sus canoas para evitar la infestación de tiburones y otros peces que se acercan por el olor de la sangre vertida en el mar.

Los indios tainos susurran entre ellos, "sus armas son muy potentes, son armas que explotan como volcán y matan de una vez" les dice Taguey sorprendido. En eso el blanco más importante de la gran canoa tan grande como nunca los de su generación han visto una, canoa que ellos llaman naves, se les acerca y trata de hablar con ellos.

Los indios tainos usan todas las formas posibles del lenguaje para explicar al jefe blanco llamado Cristóbal Colón, que son tainos nativos de la isla Borikén.

Cristóbal Colón agudiza el oído para conocer más de estas tierras que según él cree está descubriendo. El no ha escuchado antes hablar de Borikén.

Los blancos no tienen gran dificultad para entenderlos ya antes de ese encuentro, han tenido contacto con el mundo de los indios en otras tierras, ya conocen la hermana tierra de los Aytises donde también habitan indios tainos y habitan indios caribes en la Saona.

Los blancos traen a manera de unas franjas blancas finas que no son conocidas para los indios tainos, son parecidas a cáscaras de árbol, lisas y aplastadas que ellos llaman papel.

Con una pluma como las que usan el cacique y el bohique en la cabeza durante los areytos, hacen dibujos sobre el papel. Usan un agua negra como la que bota el calamari en el mar. En una vasija meten la pluma en su parte más fina, y la sacan mojada, así hacen dibujos muy diferentes a los que hacen los indios en las piedras. Los blancos llaman a sus dibujos rutas en los mapas. Desconocen por completo los años solares usados por los indios tainos para demarcar las distancias.

Así transcurre el viaje por mar. En una camaradería que oscila entre buscar información y el miedo a darla, entre el agradecimiento y la desconfianza, entre el asombro y la diferencia. Al acercarse la nave en que viajaban a la tierra de Borikén, los blancos se quedan perplejos cuando los guerreros, sin ningún temor se abalanzan al mar bravío y con gran destreza se alejan nadando rumbo a tierra. Rumbo a la playa de Guaynía en Borikén, ¡Borikén tierra de cangrejos, tierra del altivo y noble señor!

Los guerreros tainos se lanzan al mar para proteger a su tierra, para que no la pisen los blancos. No obstante, intrigado Cristóbal Colón continúa bordeando la costa y fuera de la vista de los tainos transportados, desembarca más hacia el oeste. Y es así que "descubre" a Borikén. No le cabe el corazón en el pecho. Al pisar tierra, se siente grande, se siente avasallador, se siente omnipotente. Los hombres que le acompañan están llenos de cicatrices en su cuerpo, su aspecto desafiante, su sonrisa sarcástica y burlona. No parecen hombres nobles como son los tainos. Su semblante es feroz.

Una sonrisa de triunfo y avaricia se le escapa a Cristóbal cuando ve tanto verdor, un cielo límpido y claro, un clima cálido y poco oscilante, un mar azul-verdoso que se aclara al llegar a las orillas dejando ver a través de las aguas los hermosos peces de colores, conchas nacaradas, caracoles rosados, caguamas y algas saludables.

Ve indios iguales a los que transportaba, pero en tierra ve algunos con vestimenta diferente, llevan una placa dorada en el pecho. ¡Oro! ¡Oro en Borikén!

Se le llenan los ojos de avaricia, el corazón de codicia y su mente de grandeza. Piensa regresar con noticias de riquezas y poder para sus tierras y claro está para sí mismo. Los acompañantes de Colón se miran entre sí con un brillo desconocido en sus ojos, un brillo lleno de inquietud. Llenos de la inquietud que no conocen los tainos.

Babean de placer, de prepotencia. La avaricia corroe su aparente bondad, mastican triunfo y escupen humillación sobre todo lo que sienten inferior. Con codicia desmedida, ignoran que todos los seres vivos de la tierra necesitan agua para sobrevivir y oxígeno para respirar. Ignoran que los humanos, llevan la misma sangre roja por sus arterias. No conocen la ley del uno que tanto estiman los tainos. Los tainos que solo dan valor de adorno al oro, sin abusar del mineral. Los tainos que bendicen la tierra, el cielo y el mar. Los tainos que respetan a los peces, los árboles, las rocas, el suelo, la lluvia y la tempestad.

Mientras tanto, Taguey, Toax y los otros guerreros exhaustos, jadeantes, llegan a las playas de Guaynía donde a pesar del cansancio, agradecen a sus dioses por estar sanos y salvos en su protegida y amada tierra de Borikén.

Felices creyendo que los blancos siguieron rumbo a tierras lejanas, orgullosos de su suspicacia al salvar a Borikén cuando se alejaron de la gran canoa en alta mar. Cuando dejaron atrás a los dioses descoloridos que les inspiraron desconfianza.

Regresan al yucayeque contando su gran hazaña al Matúnjeri cacique Cayakén que representa el poder solar del dios del fuego y a los demás guerreros del Yucayeque que los escuchan con atención. Cuentan la gran aventura con todo detalle haciendo notar cierta divinidad en los blancos al nombrarlos.

Hablan y fuman rollos de tabaco durante largo rato, luego terminan la conversación para ir los indios a sus bohíos y el cacique a su caney. Es noche de Taicaraya diosa de la luna buena y se acuestan temprano, necesitan descanso, porque al amanecer comienza el sagrado rito de la cohoba.

El sol despunta en el horizonte con sus rayos dorados tornando el cielo brillante. Es el amanecer de un nuevo día, un amanecer pleno de luz y de esperanza. El trino de los pajarillos rompe el silencio, y los indios llenos de fe, esperanza y respeto se preparan para participar del gran ceremonial, el más grande ceremonial de Borikén.

Los tainos honran su majestuoso rito de la cohoba, sus celebraciones frecuentes llamadas areytos donde dejan fluir sus estados de ánimo. Con perfil religioso practican además un juego llamado batú.

El Batú se practica en el batey un espacio de forma rectangular con el piso de barro apisonado y compacto, bordeado con grandes piedras con hermosas imágenes de cemíes. Se usa una pelota de raíces hierba y goma, con un buen rebote. Participan de 10 a 30 jugadores en cada equipo formado por hombres y mujeres. La bola se lanza al aire y los tainos tienen que evitar caiga al suelo de su lado respectivo, para evitar la caída se usa todo el cuerpo, menos las manos. Los puntos se anotan en la caída de la bola.

A veces se efectúan competencias entre yucayeques. Al inicio del juego, los asistentes se sientan alrededor del batey. Los invitados especiales, así como el cacique y sus ayudantes, ocupan dujos. Se juega para diversión, aunque en ocasiones se juega para decidir el futuro de un enemigo capturado o como medio de decidir un castigo.

Cuenta la historia hablada que un día mientras jugaban los indios tainos al juego del batú (bató) se quemó una ladera aledaña al batey donde jugaban felizmente los tainos y al quemarse unos arbustos de no tan alto crecimiento el humo que emitió la quemazón produjo un olor fuerte y distinto. Ellos sin proponérselo inhalaron el humo al estar expuestos el humo los afectó y tuvieron sensaciones extrañas, experimentaron percepciones de formas y colores caleidoscópicos. Entendieron que el humo de esta planta fue la que le produjo la ensoñación y mantuvieron su cultivo, separando la planta para uso exclusivo de su ritual de la cohoba.

Desde ese momento unieron las hojas de esa planta con las hojas del tabaco. El tabaco es una planta de hojas grandes, de abundante vena que se siembra cerca de los bohíos durante todo el año. De las hojas secas del tabaco se hacen rollos que fuman muy seguido por placer y para mitigar el cansancio del cuerpo luego de las largas caminatas que suelen hacer por las hermosas tierras de Boriken.

Lo fuman también como lo hicieron Taguey y los guerreros transportados en la gran nave de los blancos, luego de la sangrienta lucha y la travesía llena de sorpresas al llegar a la playa Guaynia ellos fumaron los rollos de tabaco para apaciguarse.

Pero en el rito de la cohoba se usa el tabaco de manera muy diferente. En el rito de la cohoba no se fuma, se usa en polvo de manera inhalada. Después que conocieron la planta de la ensoñación, los tainos unieron las hojas de ambas plantas para hacer el polvo que llaman cohoba. La milagrosa cohoba que inhalan en el rito.

Para comenzar el rito de la cohoba el Matúnjeri Cacique Cayakén y el Bohique Bokio hacen un ayuno prolongado, un preparativo necesario para hablar con el cemí. Luego del ayuno inhalan profundamente los polvos de la cohoba servidos en una hermosa vasija de madera pulida y brillante. Así viajan al reino sobrenatural mediante los trances inducidos por la cohoba.

La cohoba tiene y otorga diferentes poderes. El bohique Bokio usa la cohoba y con el poder sobrenatural que le provoca, cura enfermedades y garantiza el bienestar físico y espiritual de la comunidad. El matúngeri Cacique Cayakén inhala la cohoba para comunicarse a través del cemí con ancestros espíritus de caciques difuntos.

El cemí es el intermediario entre la vida de las personas y su mundo sobrenatural. Por medio del cemí dominan a los espíritus de la naturaleza y a los espíritus de los antepasados y al dominar los espíritus dominan los poderes sobrenaturales que ellos poseen.

El cacique Cayakén permanece sentado en su dujo tocando el mayobao. Todos los presentes en cuclillas alrededor del cemí venerado. El cacique obnubilado en su trance, con las pupilas danzando en un mar de esclera blanca mueve la cabeza en forma de aprobación cuando ve entrar al nitaíno guerrero Taguey. Tiene gran aprecio al más valiente de sus guerreros, a quién encomienda las tareas más difíciles.

En presencia del Matúnjeri Cacique Cayakén, el Bohique Bokio y otros nobles, los guerreros se ñangotan alrededor del Cemí muy atentos a la comunicación del cacique y el bohique con los dioses y los espíritus ancestrales.

Esta comunicación con el cemí es un privilegio absoluto del Matúnjeri Cacique y el Bohique y la vida diaria del yucayeque gira en torno a las mismas.

En ese estado de ensoñación, de trance inducido por los polvos inhalados, introducen profundamente una espátula en la boca tocando la úvula. De ésta manera inducen el reflejo del vómito.

Vomitan todo el contenido estomacal, para purificarse y para estar libres de la indigestión que provocan los polvos de la cohoba ya inhalados.

Aún bajo los efectos de ensoñación y purificados por el vómito, se sienten limpios y preparados para comunicarse a través del cemí con sus ancestros y sus dioses.

¡Oh! Dioses misericordes que habitan en el Coaibai, dioses amados que se manifiestan en los árboles y sus raíces, en las flores, las aves, las nubes, el viento, el agua, el sol, el trueno, el rayo, la lluvia, las lunas y todo cuanto nos rodea, dennos dirección, aumenten su protección y mantengan su ayuda a nosotros sus servidores, durante todas las lunas de nuestra existencia y las lunas de las existencias venideras.

Les pedimos ¡Oh! Dioses poderosos. Imploramos beneficios para nuestra tierra, madre fértil que pare la comida diaria una vez ha sido inseminada por la próspera semilla.

Imploramos beneficios para nuestros mares, fuente inagotable de peces, ostras, tortugas, manatíes, conchas, caracoles, algas, fuente de disfrute y placer pedimos que los mantengan puros, tranquilos, y pródigos.

Imploramos dioses sustentadores por el aire límpido que nos mantiene respirando sanidad.

Oramos especialmente a Guabancex, Guataúba y Coatrixquie para que aten los vientos incontenibles de Jurakán y los mantenga lejos de los bohíos, los yucayeques y nuestra Borikén.

Oramos a ti majestuoso padre Yunque: ¡Oh Adorado monte sagrado! Monte protector, ataja los ventarrones inclementes de Jurakán, evita su fuerza violenta y su inesperado ataque que nos trae muerte y destrucción.

Alto como eres acércanos al Coaibai que tocas, para estar al lado de todos nuestros dioses.

Yunque protector que vistes todos los tonos de verde y las nubes bajan para abrazar tu cima y bañarla de lluvia todos los días.

Los loros habitan en tus faldas, y las jutías, culebras y otros animales que nos sirven de alimento.

Yunque sagrado encarnado en Yucahu, Yuquiyú nuestro dios padre todopoderoso.

El Matúnjeri Cacique Cayakén de mirada profunda y alegre es el custodio de las tres piedras más ponderosas del yucayeque.

Por eso durante la imploración a los dioses amados, interactuados a través del cemí venerado pide a su esposa preferida que le traiga la piedra poderosa que controla el agua y el sol y ora ante ella por los beneficios del clima implorando a padre Yunque, dios Yucahú, Yuquiyú.

Cuando ora por los sembradíos y por el reino vegetal silvestre que tantos beneficios brindan, pide le presenten a la piedra que ayuda en las tareas de siembra y cosecha.

Cuando ora por las parturientas y los nuevos nacimientos que se esperan en el yucayeque pide la maravillosa piedra que ayuda a las mujeres a parir.

Las sagradas piedras trabajan con el poder de los dioses que representan, y se pide ante ellas para engendrarles la fuerza sobrenatural del cemí.

Finaliza el rito, los tainos, aman al cacique como se ama a un buen padre, porque él los trata como hijos. Respetan al Bohique por su poder mágico y sanador.

El cacique portador del guanín dorado en su pecho, es la figura más importante del yucayeque.

Taguey, Toax y los demás nitaínos guerreros rinden tributo a los dioses jurando obediencia absoluta y fidelidad hasta la muerte frente al Cacique Cayakén y el Beique Bokio.

Quedan todos los presentes en el rito, aletargados y pensativos. Permanecen en silencio internalizando lo allí acontecido y pasando los efectos de las inhalaciones alucinógenas.

Luego de ese momento de introspección y devoción regresan a los bohíos y al Caney donde habitan. Por el esfuerzo, el ayuno, el vaciado de estómago y la intensidad del momento, están realmente extenuados.

Cae la tarde de un sol plomizo. El viento remueve el polvo del suelo del batey formando una nube color mazorca seca que opaca la vegetación que los circunda. El batey está sumamente limpio. Lo barren las mujeres todos los días. Usan para barrer, escobas de manaca y algunas plantas silvestres fuertes y resistentes a la frotación diaria con la tierra.

Todo se torna plomizo, el aire, el sol, las plantas y la tierra.

La hora, el tiempo y el lugar se prestan para dormitar. Buscan las hamacas y las amarran a los postes que sostienen el techo de los bohíos, usando cabuyas de maguey.

Todos dormitan, hasta los ateos, los amados perros mudos.

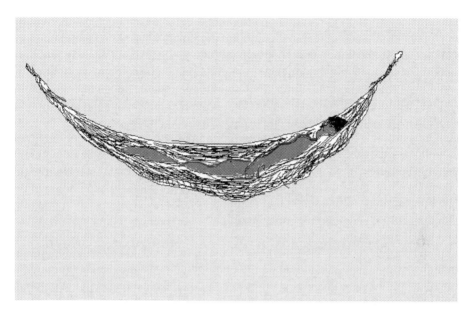

Así transcurre la tarde, la cotidianidad vuelve al yucayeque. Mañana será otro día. Viven el momento, recuerdan el pasado para preservar su historia y no se preocupan del futuro. Todo fluye, el día, la noche, la lluvia, la sequía, la vida y la muerte.

Disfrutan la vida, la simpleza, su gran familia extendida, sus dioses y su tierra.

Taguey duerme a ratos, está muy inquieto. Tiene una cita de amor. Recién amanece cuando Taguey sale sigiloso al encuentro con la hermosa Aguana.

Mantienen su amor en secreto. Se revuelcan apasionados, sin testigos, en la zanja del conuco. El barro húmedo aún por el rocío. Los demás, ajenos al momento de placer, duermen en sus hamacas. Jóvenes, hormonalmente enriquecidos, con la tierra como suelo, el cielo como techo y el sol que apenas despunta en el horizonte.

El canto mañanero de los pajaritos, el ruido de las ramas al moverse con la brisa y las yucas que recién nacen, desaparecen de sus sentidos. Extasiados en su lecho, sus corazones golpean su pecho como tropel de guerreros corriendo por el gran valle entre Guaynía y Arasibo.

Su respiración profunda y entrecortada, mientras sus cuerpos tiemblan. Así como tiembla la tierra cuando se enfurecen la diosa Attabeira y su hijo Yucahú.

Quedan, tendidos sin fuerzas sobre la tierra húmeda mientras la naturaleza los arrulla en completo relajamiento y paz.

En eso se escucha a lo lejos un rumor de pasos, son las mujeres que vienen a cuidar esmeradamente la siembra de yucas en el conuco.

Es tiempo de sequía, tiempo de sembrar yuca, tiempo de adorar al ser Yucador.

Taguey y Aguana se separan en completa complicidad, emitiendo risitas placenteras. Ella limpia las plantas que brotan en los montículos y él se une a los demás hombres para tirar las nasas al mar.

Comienza el maravilloso día, el sol resplandece y la zanja arrulladora esconde con recelo la pasión enfurecida y el amor consumado en sus entrañas.

Se repiten los encuentros en la zanja, en las noches de luna nueva, en las madrugadas de rocío, en los atardeceres claros y en la lluvia torrencial. Imparables ante el ímpetu de la juventud, el ímpetu del amor, el ímpetu del deseo.

Es uso y costumbre en nuestras tierras que los jóvenes se mantengan vírgenes para el matrimonio, pero hay unas pocas excepciones donde se pueden romper las reglas cuando se trata de un noble, una persona importante en el yucayeque. Por eso no se castiga a Taguey y Aguana, porque Taguey es un nitaíno, un escogido del Cacique Cayakén.

Taguey para el matrimonio, consigue los más hermosos collares de caracoles, semillas y piedras coloridas. Es el regalo que entrega a los padres de Aguana como compromiso de matrimonio.

Taquey lleva a Aguana a vivir al bohío de su madre, mientras él construye un nuevo bohío.

En el bohío materno conviven varios, el espacio se hace estrecho para tantos. En el bohío caben unas diez personas y el hermano de Taguey, Niux vive allí con su esposa Mayen y sus dos hijos Yuqui y Naiba. Los adorados sobrinos de Taguey.

Con ayuda de los hombres consigue pencas de manaca y troncos de árboles monte adentro. Usa las pencas para techar y hacer los setos del bohío. Con los troncos de árbol hace las vigas para sostener los setos y techo. La forma del bohío es redondeada, solamente el caney del cacique es rectangular. El piso del bohío es de tierra.

Siempre es así, cuando una familia necesita de un techo todos ayudan en las faenas de construcción. Mientras trabajan los indios tainos cantan y charlan sobre el acontecimiento de un nuevo bohío, nuevos miembros para la tribu, más brazos para cooperar en el continuo mantenimiento de su yucayeque, sus creencias, costumbres. Su sentido de la vida.

Si el nuevo miembro nace mujer ayudará en el conuco y la procreación, en la organización tanto del bohío y la familia como del yucayeque en su totalidad. Si es hombre en las tareas fuertes del conuco, en la caza, pesca y en la defensa de su tierra.

Aguana le hacía ojitos a Taguey desde niña, le gustaba mucho pero lo veía demasiado cerca a su hermano Toax. Juntos en todas las faenas, en los bailes, en los juegos, en los viajes. Tan juntos que llegó a pensar que se amaban como se amaban Attey el hijo de Guanx y Joax el hijo de Nayu.

No obstante cuando su cuerpo de niña comenzó a madurar, luego de su primer sangrado, pasados los 60 años lunares del calendario indígena, Taguey le demostró, sin lugar a dudas que aquellos ojitos parpadeantes hicieron eco en sus sentimientos. Toax no era su amor sino su cuñado en ciernes. El amor entre tainos era aceptado pero no se aceptaba entre las tainas.

Taguey la prefiere sobre todas las mozas de la tribu y la hace suya. Incontables veces suya, ama a esa ladrona que le roba las fuerzas, el alma y la energía espiritual. La ladrona que lo hace vibrar de felicidad.

Muchas veces Aguana ve la energía luminosa pasar del cuerpo de Taguey al suyo, y desde su cuerpo al cuerpo de Taguey, uno de esos secretos que se quedan en el reservorio de la memoria para todas las vidas, magia que no comparte Aguana con nadie porque es un don especial que le dio la gran diosa Attabeira desde su nacimiento.

Cada vez que pasa una nueva luna, la barriga de Aguana crece como la yuca crece en los montículos del conuco.

Acaba la época de la sequía y tras ella viene la época de la lluvia. Un tercio y algo más de un año lunar labora en la cosecha de la yuca, cargando la panza como carga la esperanza.

Llega la época en que la mata de bejuco de puerco así como el cadillo regalan su flor, se reverdece el ambiente y un aire fresco besa la piel cobriza de los tainos de Borikén. ¡Borikén tierra de cangrejos, tierra del Altivo señor!

Pasados tres años lunares, en una linda mañana de suave brisa y tibio sol se escuchan unos ahogados quejidos en el conuco. En cuclillas sobre una zanja recién abierta, Aguana se retuerce con el más fuerte y sublime dolor.

Las mujeres que están en el conuco se acercan al lugar. La vieja Coya, encargada de traer vástagos a la tribu es avisada de inmediato. Se acerca sigilosa a la parturienta, masajea su espalda con yerbas de rico aroma y piedras lisas del rio.

Hay aroma de campo, aroma de plantas, aroma de tierra, aroma de frutas y aroma de flor. Callada, serena y sonreída, la vieja Coya hace del parto un momento solemne. Fervorosamente entrega el acontecimiento a la tierra que los contiene, al aire que les mantiene, al cielo que los alberga, al sol que les alumbra, al agua fuente eterna de la vida, reflejos de la diosa Attabeira.

Y ora la vieja Coya en voz baja, y lo repite Aguana y las mujeres del conuco:

"Guaika baba, turey toca
Guamikeni, guamicaraya-guey
Guarico-guakia taino-tibo matun;
busica¡ guakia para yucubia,
aje-cazabi, Jurakan-uÃ¡
maboya-ua¡, Yukiyu-jan,
diosa¡ nabori-daca.
Jan-Jan catu."

Guaikia baba	nuestro padre
Turey toca	está en el cielo
Guami-ke-ni	Rey del mar y la tierra
Guami-caraya-guey	Rey del sol y la luna
Guarico	ven a
guakia	nosotros
tayno-ti	bueno, alto
bo-matun;	grande, generoso
busica –guakia	danos
aje-cazabi;	pan
juracan-na	espíritu malo, no
maboya-ua	fantasma, no
jukiyu-jan;	espíritu bueno, si
Diosa	de Dios
nabori daca	criado soy
Jan-jan catu	Así sea.

Una de las mujeres trae agua en una tinaja de barro pequeña. Otra busca tejidos de algodón. Otra trae la piedra del parto.

Los boricuas ríen, siempre ríen, hablan dulce y en tono bajo. Pero el llanto agudo, como maullido de gato, se escucha en todo el conuco. Rápida como el rayo corre la voz, ha nacido una hembra ¡una hembra!

Una hembra que será madre, madre útero, madre tierra, madre fértil, madre luna, madre roca, madre yuca, madre agua, madre árbol, madre fruta, madre flor.

Así nace Guaikia, cobriza como el barro de la zanja donde fue concebida. La vieja Coya corta el ombligo usando dos piedras pulidas del rio y con una hilera de algodón lo amarra. Aguana la acoge en su pecho llena de sublime ternura, espera que Guaikia se alimente del nutricioso calostro que producen sus tetas recrecidas y pezones ennegrecidos.

Taguey observa a Aguana dormida en la hamaca y a Guaikia placentera sobre su pecho. Observador y callado, sus ojos profundos delatan a un ser realizado a plenitud.

Es cerca del mediodía, según marcan las sombras. Las mujeres se reúnen a preparar el casabe. Maduras en su punto, las yucas son de buen manejo y fáciles para mondar. Primero limpian el barro que las cubre.

Con caguarás pelan la yuca, y dejan ver la parte interior blanca, brillante, suave como el algodón que cultivan, blancas como las hermosas nubes de Borikén.

Redonda la raíz comestible es más ancha en la parte cercana al tallo de la planta, y más fina según se aleja del tallo, en su interior tiene un filamento duro de todo el largo del tubérculo. Toda la yuca tiene cicatrices verticales.

Muy joven éstas cicatrices son verdosas, muy madura son gris oscuro. La yuca debe comerse en el punto exacto pues muy verde o muy madura pierde su rico sabor.

Las pelan y las ponen en vasijas ya sean ditas, vasijas de madera o barro. Es un deleite ver esas vasijas repletas de blancas y olorosas yucas que pronto pasan a ser harina húmeda cuando las guayan en el burén.

Huele a manjar, huele a tierra, huele a almidón, huele a alimento, huele a satisfacción

Luego de guayadas en el burén, las meten en el sebucán un saco fabricado con hojas fibrosas entretejidas. Cuelgan el sebucán del árbol de mamey que está al lado derecho del bohío donde vive la vieja Coya. Toax y Sibón se sientan sobre él, para exprimir todo el líquido de la masa.

Extraen un líquido lechoso y amargo, es el venenoso naiboa. Es el naiboa que ponen en las puntas de las flechas que usan en las batallas contra los enemigos caribes. También lo usan en menor cantidad y más diluido para adormecer a los peces y facilitar la pesca.

Las mujeres, moldean la masa en forma redonda, la aplastan y la extienden sobre el budare hasta hacerla una lámina bien fina y redonda. La ponen a secar al sol. Y así hacen el casabe. El casabe es una parte muy nutritiva e importante de su comida diaria. ¡Aje-cazabi!

¡Tierra pródiga, fruto pródigo, alimento pródigo, mujeres pródigas, hombres pródigos yuca pródiga! La yuca, el pan de cada día; ¡aje-cazabi!

Llevan casabe y frutas a la recién parida que guarda descanso hasta que el útero vuelva al tamaño y lugar que tenía antes del embarazo. Más o menos un tercio del año lunar en el que Aguana permanece en el bohío ayudada por todos los de la tribu. No tiene que ir al conuco. Sus necesidades son cubiertas a cabalidad por los del yucayeque, su única tarea es alimentar a la recién nacida con la leche tibia de sus pechos.

Para Aguana preparan brebajes aromáticos, analgésicos y revitalizadores que extraen de las plantas sembradas por ellos y de las silvestres. Dan cuidado esmerado a la madre y a la hija. A la mujer, mujer, custodia del útero que penetra el falo endiosado.

Aguana se hace cargo de Guaikita en el periodo de lactancia, que dura hasta después que la niña camine. La carga sobre su espalda a todos los lugares, al conuco, al rio a visitar tribus vecinas y cuando hace casabe.

Infante y teta se confunden en una, apego inquebrantable, apego para todas las lunas de sus vidas. Una energía especial las envuelve. Las dos se funden en una.

Aguana no se aleja ni un instante de Guaikita porque teme al dios que hace daño a las niñas abandonadas. Cuando Aguana carga a su pequeña repite muy quedo, maboya-ua, maboya-ua.

Llega la etapa del destete cuando Guaikita tiene dientes de leche, está totalmente preparada para comer tanto los sólidos y los líquidos que forman parte la alimentación familiar y colectiva. Le encanta el casabe y los guanimes. Adora las frutas especialmente la guanábana, fresca y dulce. Aguana le extrae las semillas y le da pedacitos jugosos que ella saborea. El dulce jugo se le sale por las comisuras a la niña y cae como hilos de plata sobre la barriguita redondeada.

Aguana la seca con la tusa de una mazorca. La tusa es usada también para restregarse durante el baño.

Una vez pasada esta etapa Guaikita además de su mamá, es cuidada por todos los miembros de la tribu y los miembros de tribus amigas cuando comparten. Aguana realiza sus tareas alegre y satisfecha. La cobriza niña crece robusta, fuerte, ágil, confiada y segura de sí misma. Sonreida con todos y feliz.

Con el destete la sabia naturaleza activa el ciclo de la fertilización.

Comienza un nuevo ciclo lunar, una nueva siembra en el conuco y el vientre de Aguana vuelve a crecer según pasan las lunas y crece el maíz.

Soba su panza puntiaguda mientras siembra maíz, limpia el conuco de yerbajos silvestres, aterra las plantas y las riega en épocas de poca lluvia, junto a las demás mujeres. Por eso los poblados se asientan cerca de ríos y quebradas. El agua cubre las necesidades básicas.

Hace su labor con tesón y amor porque de esa siembra, el yucayeque, su gran familia disfruta de comidas como guanimes, maíz asado, arepas y otros que son el deleite de todos.

En el caney del cacique se almacenan los frutos de la cosecha, y es el cacique-padre quién dispone de los mismos de manera justa y equitativa en el momento preciso. La distribución de la cosecha se lleva a cabo en el centro ceremonial donde habita el Behique.

El trabajo del conuco se hace orando y con cánticos de satisfacción seguidos por el entierro de un Cemí que desde las entrañas de la tierra protege la cosecha.

La cosecha que representa su comida por mucho tiempo, su verdadera riqueza.

En ésta ocasión le toca el entierro del Cemí a Aguana, mujer fértil, buena madre y gran cosechadora. Esposa de un noble jefe guerrero.

Honrada Aguana visita sola el conuco al atardecer, sin temor a los maboyas y sus opias que suelen salir de noche. Luego de los rezos y bailes del behique en comunicación con el cemí, cuenta con el permiso y la protección de los dioses.

Fuera de la vista de todos los que no salen cuando está obscureciendo por el temor de encontrarse con los Maboyas y sus opias, Aguana va al conuco a enterrar al cemí.

Escoge para el entierro el mismo lugar donde estuvo la zanja cómplice de su primer amor aquella madrugada del desvirgamiento. Mientras entierra con mucho respeto al cemí, le suplica que considere a su pueblo y multiplique la cosecha así como ha multiplicado su vientre, que no le falte a nadie alimento, agua, ni salud. 'Busica –guakia' 'aje-cazabi" ruega a los dioses "busica –guakia" que las lluvias vengan con la frecuencia necesaria para que su maíz crezca sano y dé grandes mazorcas.

Pide a los dioses oh "Guariko guakia tayno-ti bo-matun" para que aleje a las aves e insectos que dañan la cosecha. Pide a los dioses que los proteja de los invasores caribes que arrasan con los frutos.

Ofrece tributo a la diosa Attabeira durante largo tiempo y a su hijo el gran dios Yucahú. Luego caminando de lado a lado por el peso de su panza, regresa entre las sombras a su bohío donde Guaikita duerme entre los fuertes brazos de su padre.

Con cuidado de no despertarlos se acurruca en su hamaca. Segura y tranquila se duerme bañada de luz. La luz de la luna que atisba por los huecos que el tiempo forma entre las pencas secas del seto.

Duermen ellos y duerme toda la tribu excepto los guerreros en vigilia. Ellos están apostados en sitios altos que dan al mar. El mar que les brinda peces, horas de retozo, hermosa vista y sirve para transportarse a las tierras vecinas.

Van por mar a visitar a los Aytises donde tienen hermanazgos con los caciques, intercambian conocimientos, noticias, víveres, armas y productos de artesanías. También visitan y son visitados con menos frecuencia por otras tierras lejanas.

Es el mismo mar que sirve a los enemigos caribes para llegar a Borikén. El mar que embravecido traga tierra, traga plantas, traga animales y traga hombres. El mar que la diosa Guabancex enfurece y apacienta, el mar por donde llega y se va el temido Jurakán.

Se escucha nuevamente el llanto agudo de un recién nacido ésta vez en el bohío de Taguey, antes de la salida del padre Sol. Igualmente traído al mundo por la vieja Coya. Vieja para el tiempo y el lugar pues el promedio de vida es relativamente corto entre los tainos.

Una vez comenzaron los fuertes y sublimes dolores del proceso de parto, un guerrero taino en vigilia avisó a la vieja y sabia Coya y al Behique Bokio sobre el esperado alumbramiento cuando escuchó los quejidos en el bohío de Taguey.

Los indios tainos que habitan bohíos cercanos se levantan con alegría, y corre la voz, rápida como flecha lanzada con furia. ¡Ha nacido un macho! Un macho que ayudará en los trabajos fuertes del conuco, un macho que contribuirá con la prevalencia de la especie, un macho que ayudará en la defensa de su amada Borikén.

Un macho que cazará jutias, loros, higuacas, macos paloma silvestre, murciélagos, culebras y pescará en las costas, pargos, robalo, dorados, langosta, jueyes y el rico carey y en los ríos camarones y "jaibas con todos los pescadores y para todos en el yucayeque. Otro par de manos trabajadoras, otro par de pies ligeros, otra cabeza con mente ágil, con la sabiduría del que comparte, el que ama, el que se amiga, el que hace justicia, y carga el don de la nobleza.

Ha nacido un falo, un falo endiosado.

Todos son para uno y uno es para todos. Otro taino borinkeño que crecerá sin codicia, avaricia, traición, o rencor. Que vivirá en contacto continuo con la naturaleza que le rodea, amándola y respetándola. Que amará y honrará sus dioses, sus creencias y sus costumbres ancestrales. Un nuevo ser, otro custodio del gran conocimiento y cultura de Borikén.

Ha nacido Mabo, hijo de Aguana y Taguey, hermano de Guaikita. Le llaman Mabo en honor al amigo cacique Mabó del centro −norte de la isla.

Oran al dios Yucahú Vagua Maorocoti, para que el recién nacido sea un buen guerrero, como Taguey su padre.

Prepara un cemí con la forma de un falo, de piedra con incrustaciones de hermosas piedras. Desean que el cemí se encarne en el recién nacido y con él, la justicia y la furia en el ataque, la benevolencia y la valentía ante las exigencias de la vida, la fuerza y el coraje para defender todo lo que aman y veneran como grupo. La energía y la virilidad. ¡Virilidad para el recién nacido!

Honran al nuevo falo de la tribu, falo del yucayeque, falo de los yucayeques, el falo de la fertilidad, falo de todo Borikén. Y oran al dios Yucahú Vagua Maorocoti "nabori daca" "nabori daca" (servidor soy)

Taguey rebosa de alegría, canturrea por todo el batey dando muestras recíprocas de cariño a todos. Aguana luce feliz.

Son muchos los recién nacidos en el yucayeque y muchos los que deben nacer, porque la población merma. Los indios tainos por su vida sana no se enferman mucho pero merman por los insensatos caribes que vienen a robar alimento, se llevan hombres para esclavos y a sus mujeres para esposas. Saquean, maltratan y matan.

Mabo crece rápidamente, es rollizo, fuerte y saludable. Guaikita rebosa alegría ahora tiene un hermanito a quien mima y cuida con esmero. Juega con el pequeño a ser mamá, le da comida en su boquita, lo ayuda a sentarse, le dice palabras en suaves susurros como hace Aguana al hablarle. Como hablan todos, dulce, quedo y sonreídos.

Así continúan las lunas cambiando de fase y Mabo creciendo. Le gusta jugar, juega a ser cazador con los de su propia edad, su carita sudada, sus ojos oblicuos brillantes y su pelo chorreado se puede ver por todos lados mientras corre entre los bohíos, entre los conucos, entre las piedras del rio.

Ágil, Mabo canturrea por las veredas con una flecha pequeña, tirando a las frutas en los arboles con poca puntería. Su hermana le sigue de cerca cargando en el managüís las yucas recién sacadas del lecho terrestre. Con muy poca diferencia de edad mantienen una relación estrecha. Suelen perderse rio abajo cogiendo guaicanos para los pescadores. Ellos los usan como carnadas.

Alegres regresan al bohío, Guakita entrega las yucas a las mujeres que hacen el casabe.

Un día hermoso se oye un 'Guaikita, Guaikitaaaa" es la voz de Mabo llamando a su hermana para treparse en el árbol de jobos. Ajenos a la mayor preocupación de la comunidad al momento, el acechamiento constante de sus enemigos, los temibles indios caribes.

Ya trepados en la rama del árbol esperan a que pasen los otros chicos que vienen de cazar higuacas con sus padres en lo alto de la loma aledaña al asentamiento de los bohíos.

Aguardan calladitos para asustarlos tirando ramitas secas del árbol sobre sus cabezas. "Zas'" Caen las ramitas secas sobre las cabezas y los chicos saltan asustados, temiendo que les ha caído algún animalillo encima o ha sido algún muerto manifestándose en las ramas del árbol.

Pasado el momento ríen ellos sobre las ramas del árbol y ríen sorprendidos los que saltaron atemorizados. Las sonoras carcajadas hacen eco en el espesor de los árboles.

Los dientes anchos y blancos brillan con la saliva que los arropa en la claridad del día. La risa fresca y cantarina se une al coro de aves y al aleteo de las mariposas sobre las flores silvestres.

Tierra fértil, tierra rica, tierra virgen, tierra respetada, tierra venerada, tierra comprendida, tierra agradecida, tierra amada.

Los chicos cooperan en todas las tareas del yucayeque sin privarse de jugar, compartir y aprender. Recogen las frutas que crecen silvestres en los alrededores, ricas guayabas de corteza roja y otras de corteza blanca, guanábanas y jobos. Desde muy chicos viven orgullosos de su noble raza taina. ¡Su raza, su gente, su orgullo! ¡Tainos borinkeños! Hijos de Borikén, la tierra de cangrejos, la tierra del ¡Altivo Señor!

Van y vienen como hormiguitas entre el batey y el conuco. Desnudos como vinieron al mundo, se pintan sus cuerpos de colores brillantes que sacan de la bija y de la jagua. Se pintan porque es lindo y para protegerse de los mosquitos que abundan en la isla. Otras veces se cuidan de los mosquitos usando el barro como repelente.

Guaikita llama a Mabo llena de alegría, a esa hora van a bañarse al rio con los otros niños, se bañan varias veces al día. Cuantas veces puedan. En el amado rio Guaynia, rio limpio, rio hondo, rio fresco.

El agua, el mayor contenido del cuerpo humano. ¡La vida misma! La tienen a borbotones. Los chorros que bajan de las piedras más altas del rio Guaynía, son la delicia de Mabo y Guaikita. El caudaloso rio de Guaynía que se nutre de varias quebradas a su paso corre majestuoso serpeando entre árboles, piedras y montículos de tierra.

Sus caritas alegres y sonreídas bajo los velos de agua, son hermosas estampas del lugar. Estampas de felicidad, de inocencia, de candor.

De momento una algarabía hace que todos corran a la casa de la india más importante del yucayeque, la que traerá al mundo al nuevo cacique de Guaynía. En su bohío, se escucha el llanto de un recién nacido, un llanto fuerte que emite vibraciones profundas por toda la tierra, llega a otros yucayeques al mar y otras costas antillanas, el llanto esperado por todos.

El augurio de Attabeira, por linaje materno acaba de nacer aquel que será Cacique en su tierra, Guaynía tierra que baña el río Guaynía, tierra que muestra al mar, tierra grande, tierra fértil, tierra madre, tierra próspera, tierra noble.

Las esposas del cacique luciendo naguas, ayudan en todo el proceso del parto, parto regido por las leyes de la naturaleza, por Attabeira sabia, Attabeira buena, Attabeira mujer, Attabeira madre, Attabeira diosa.

La esposa preferida del cacique trae la piedra sagrada del parto que posee el cacique, para ayudar en el proceso.

Otras buscan tablas, que hacen de los troncos de la manaca, otras traen hilos gruesos de algodón para amarrarlas a la cabeza del recién nacido. Ubican las tablas en la parte anterior y posterior de la cabeza. La cara ha de ser grande y ancha, la frente debe crecer inclinada hacia atrás, concepto de belleza boricua.

Mabo y Guaikia se acercan al bohío de Yoabey y Guariba la hermana del cacique. El grito del recién nacido los llena de orgullo y sus corazones palpitan aceleradamente.

Mabo jura ante los dioses, ante el fálico cemí y ante su hermana que desde ese momento defenderá al recién nacido con su vida, jura que se convertirá en un guerrero tan bueno como lo es su padre para enseñar todo arte de defensa al nuevo cacique.

Guaikia sonríe con aprobación al juramento de Mabo y en ese momento lo ve hombre, lo ve guerrero, lo ve capaz.

Todos están envueltos en el proceso del nacimiento de un Matúnjeri cacique en ciernes, suave como el barro mojado, brillante como el sol. Alegría por todos compartida. ¡Esta noche es noche de Areyto. Areyto de festejo, de alegría. ¡Areyto de felicidad!

Comienza de inmediato los preparativos del festejo que durará tres días. El Cacique Cayakén reparte gran cantidad de cosecha almacenada para que se prepare comida suficiente para todos los presentes y los muchos invitados al festejo. Los naborías se encargan de ésta parte del festejo y de inmediato sus mujeres comienzan a confeccionar platos diversos. Sacan las reservas de uikú, que todos coman y beban hasta satisfacerse. Que el bien y la abundancia se multiplique en estas tierras paternales.

Otras mujeres, niñas y jóvenes se apresuran a crear con cuentas de piedras, tirillas de algodón, semillas secas, caracoles, y caparazones de jicotea, naguas al tobillo para las cacicas, naguas más cortas para las casadas, tirillas para brazos y piernas, collares, amuletos, y taguanas para las orejas y nariz.

Crean hermosos adornos nuevos para todos los del yucayeque. También usan los adornos ya existentes. Que guardan celosamente.

Es noche de Areyto de alegría y es muy importante que todos se vean esplendorosos.

Mabo reúne cocuyos para ponerlos en el cabello de Guaikia mientras ella se pinta líneas amarillas en ambos cachetes.

Mabo se pinta soles rojos y caracoles negros, en la cara y los brazos. Ambos usan taguanas y pulseras coloridas en los brazos y los tobillos.

Aguana y Taguey no salen de su asombro al ver a sus hijos tan felices.

Aguana y Taguey también se adornan con esmero para el festejo.

Buscan los instrumentos musicales que han construido, maracas de la higuera, tambores pequeños de madera y güiros que hacen del fruto de la planta güícharo.

Tiene que haber música en el areyto, sonidos peculiares que llevan por el espacio la voz de sus almas.

Con precisión, orgullo y sabiduría los tainos logran que un pedazo de oro se convierta poco a poco en una hermosa rana, con incrustaciones en sus ojos sobresaltados. La rana que han tomado de modelo para el venerado cemí del próximo cacique de Guaynia. La rana que abunda en sus tierras tropicales.

Es noche de areyto, areyto grande, significado. Los caciques de otros yucayeques cercanos comparten la alegría que reina en Guaynía, la gran Guaynía, la bella Guaynía cerca del mar, bañada de luz, verdor, y brisa.

La hermana mayor del Cacique, Guariba, sangra en su choza, sangra de dolor, sangra de felicidad, sangra de satisfacción. Guariba pide a los dioses ante el dolor de sus entrañas, y grita: "Daca I'naru Guanico Boriken ""Daca I'naru Guanico Boriken" ("Soy mujer. Ven a La Tierra del Valiente y Noble Señor")

Y entrega su dolor, su satisfacción, su orgullo y su cimiente a los dioses especialmente a la diosa Attabeira madre de las Aguas y protectora de las parturientas.

Ayudada y fortalecida siempre por la valiente y servicial vieja Coya.

Su simiente, ¡un nuevo falo un noble falo! Orgullosa de su estirpe, no le ha fallado al valiente guerrero Yoabey su esposo amado.

Naborías y nitaínos, saltan de alegría. El cacique Cayakén, hermano de la parturienta se mantiene en el Caney. El carga con la responsabilidad de todo lo político, religioso, económico y social de su tribu. Junto al behique Bokio ora al gran Yocahú Vagua Maorocoti antes de dar comienzo el areyto.

Suena la música del maguey, el güiro y la maraca cuando empiezan a llegar los invitados. Los caciques llegan cargados en literas de paja, por los indios nobles que los asisten. Los hijos de los caciques llegan cargados en hombros, caminando cerca de su padre durante todo el trayecto.

Al llegar los caciques vecinos, algunos de ellos son hermanos y parientes del cacique Cayakén, saludan ceremoniosamente al cacique Cayakén, al behique Bokio y a Yoabey el padre del recién nacido, el nuevo cacique por herencia. Se ubican cerca del Cacique de Guaynia y de Yoabey para la ceremonia. Fueron llegando los Matúnjeri Caciques: Aramá, Arasibo, Cacimar, Caguax, Canóvanas, Daguao, Guacabo, Guaraca, Guarionex, Guayama, Jumacao, Jayuya, Yuisa, Luquillo, Mabodamaca, Mabó, Majagua, Mayagoex y Orocobix.

Allí los caciques tienen tiempo para hablar de sus yucayeques, sus hazañas e intercambiar ideas, sucesos y preocupaciones. Es en ese momento cuando los caciques que dominan el oeste de Borikén, comentan la llegada de unas grandes canoas capitaneadas por blancos a sus costas.

El Matúnjeri cacique de Guaynía recuerda de inmediato las anécdotas de Taguey, Toax y los otros guerreros y de cómo fueron salvados cuando batallaban con los caribes en las tierras de Sibukeira. Por eso no siente temor de los blancos de las grandes canoas que salvaron en su momento a los suyos.

El behique Bokio se acerca al Cacique Cayakén para notificarle el nombre que les ha dado el cemí para nombrar al nuevo cacique. El cacique Cayakén habla con su cuñado Yoabey. Yoabey busca al recién nacido y se lo entrega al cacique Cayakén quien lo alza en brazos y lo muestra a los presentes revelando el nombre a todos los presentes. ¡Agueybaná!

Todos gritan Matúnjeri ¡Agueybaná! Mientras saltan de alegría.

Sigue el areyto, el behique Bokio baila para alejar a Maquetaurie Guayaba el dios de la muerte y a los maboyas con sus opias.

Este rito se hace para alejar el mal. Hay recién nacidos que mueren luego del parto porque el mal se apodera de ellos.

Luego de la danza del Behique Bokio, el Matúnjeri cacique, jefe guerrero y religioso, Les habla del Ser Supremo y Protector Yocahú Vagua Maorocoti (Yukiyú, Yucajú o Louquo; dios del bien, que vive en el Turey y es todo bondad, de la tierra, madre indulgente que les provee de todo lo necesario para la vida, del sol, varón y de la luna mujer y de su creación al salir de la cueva Jobobaba, en las tierras del cacique Manitibuex, tierra de los Aityses, donde habitan los dos cemíes de piedra Boínayel y Márohu

Habla sobre la madre de Yúcahu Bagua Maócoti, Attabeira, (nombrada también Attabey, Yermao, Guacar, Apito y Zuimaco) madre de las Aguas y protectora de las parturientas, menciona otras divinidades o cemíes que habitan en el Turey, y se relacionan con los fenómenos atmosféricos, la creación de la Tierra y del género humano.

Explica cómo se formó el mar, por la historia hablada de mucho tiempo que narra sobre un taino llamado Yaya de espíritu supremo que tenía un hijo amado llamado Yayael.

Pero Yayael por celo y codicias quiso matar a su padre. Como castigo Yaya lo desterró. Estuvo desterrado cuatro meses, al cabo de los mismos su padre aun amándolo lo mató antes de que el hijo lo matara a él, puso los huesos de Yayael en una jigüera que colgó del techo de su bohío.

Un día, con deseos de ver a su hijo, Yaya dijo a su mujer: "Quiero ver a nuestro hijo Yayael". Ella se alegró, y bajando la jigüera la volcó para ver los huesos de su hijo.

De la jigüera salieron muchos peces grandes y chicos. Viendo que los huesos se habían convertido en peces resolvieron comerlos.

Habiendo ido Yaya a sus conucos y su esposa a lavar al rio, llegaron los cuatrillizos de Itiba Cahubaba. Itiba Cahubaba murió de parto. Para salvar el fruto de vientre la abrieron y le sacaron fuera los cuatro hijos, el primero que sacaron lo llamaron Deminán Caracaracol, los otros tres no tuvieron nombre.

Ese día en que Yaya se había ido a su conuco, y su mujer estaba lavando en el río, los cuatro hijos de Itiba Cahubaba, entraron calladitos en el bohío y fueron a donde colgaba la jigüera de Yaya. La jigüera en la que estaban los huesos de su hijo Yayael, que se habían transformado en peces.

Ninguno se atrevió a cogerla, excepto Deminán Caracaracol, que la descolgó y la volteó. Al instante para alegría de los hermanos volvieron a salir muchísimos peces y todos se hartaron de peces.

Mientras comían sintieron pasos… ¡Yaya volvía de su conuco! - ¡Oh, oh, sí Yaya nos encuentra aquí se va a poner muy bravo!- susurró uno de los hermanos.

Apurados, trataron de poner la jigüera en su lugar, pero las manos les temblaban de miedo, no se fijaron bien cómo lo hacían y la jigüera se cayó. Los hermanos salieron corriendo del bohío y de la jigüera rota comenzó a salir mucha agua.

Fue tanta el agua que salió de la jigüera que llenó toda la tierra.

Con el agua salieron muchos peces.

Los hermanos, temerosos de la ira de Yaya, se dieron a la fuga y llegaron a casa del anciano Bayamanaco.

Tan pronto como llegaron a la puerta de Bayamanaco, notaron que tenía cazabe. Exclamaron, "Ahiacabo guaórocoel", '(conozcamos a este nuestro abuelo)'. Deminán, entró en la casa de Bayamanaco y lo sorprendió haciendo el pan, y vio que la torta del casabe era cocida sobre un burén puesto al fuego.

El nieto no solo pidió cazabe sino el secreto de su confección. Por sto se molestó mucho a Bayamanaco, se puso la mano en la nariz, y le tiró un guanguayo lleno de cohoba a la espalda.

Le tiró molesto aquel guanguayo en vez de darle el pan que hacía. Caracaracol, volvió junto a sus hermanos, y les contó lo que le había sucedido con Bayamanaco, y del golpe que le había dado con el guanguayo en la espalda. La espalda le dolía fuertemente.

Entonces sus hermanos le miraron la espalda, y vieron que la tenía muy hinchada, y le fue creciendo tanto aquella hinchazón, que estuvo a punto de morir. Entonces procuraron cortarla, y no pudieron, así que tomando un hacha de piedra se la abrieron, y salió una Tortuga hembra viva.

Los hermanos terminaron en ese momento sus aventuras y comenzaron una vida sedentaria en la que levantaron moradas estables, cultivaron la tierra y cocinaron sus alimentos con el recién adquirido secreto del fuego y con su 'mujer' tortuga hembra.

Cuidaron y mantuvieron a la tortuga. Pasaron lunas y lunas y los descendientes de los cuatrillizos con la tortuga hembra aparecieron en las islas antillanas.

Dialoga el cacique sobre la existencia de los espíritus o almas que no habitan sólo en sus propios cuerpos sino también en algunos árboles, rocas, el viento, la lluvia, el sol, el jurakán y otros fenómenos de la naturaleza. Habla sobre los Goeiz espíritus de los seres vivos y las opias espíritus de los muertos.

Durante la vida, los goeiz habitan el cuerpo, pero después de la muerte van como opias al paraíso terrenal llamado Coaibai, un valle remoto.

Explica que los hombres mueren y van ese lugar sagrado, el Coaibai, y sus opias se recluyen durante el día y en la noche salen placenteramente a comer del fruto de la guayaba.

Recalca que los espíritus de los muertos, opias, tienen moradas en los árboles. Se percibe su presencia en los movimientos de las ramas y en las ramificaciones especiales de las raíces.

Frente a estas manifestaciones es el Behique el llamado a interpretar los deseos de los muertos, como lo hace en el rito de la cohoba cuando se comunica con el cemí. Al hablar de las tareas del behique, el cacique refuerza el poder mágico del Behique y su importancia dentro de la vida del yucayeque.

Diserta sobre la versión del diluvio universal, las hazañas de los héroes y los antepasados de su tribu remontándose a los ortoiroides, los saladoides, los arahuacos que llegaron desde

Venezuela a poblar a Borikén, y luego habla de ellos, el actual indio tainode Borikén.

Unos 6,750 años solares indígenas o más de historia hablada, cantada y escrita en petroglifos, bien guardada de generación en generación.

Los presentes danzan de alegría.

La vieja Coya se retira del Areyto más temprano de lo común. Últimamente camina despacio haciendo paradas para llegar de un lugar a otro. Ella conoce bien que éste tal vez sea el último parto que pueda asistir en el yucayeque. Por eso entrena a Yobaira en el arte de traer niños al mundo.

Yobaira es una india lista, robusta, dulce e inteligente que adora los niños. Desde muy chica demostró ante todos su vocación. Aprende con esmero todo lo que le enseña la vieja Coya a quien observa llena de admiración y respeto.

Toman uikú, bailan y disfrutan el areyto llenos de júbilo. El areyto dura tres días, al cabo de los cuales se despiden todos embriagados de alegría y placer.

Luego se toman un gran descanso y la rutina normal cobija de nuevo el yucayeque.

Mabo con mucha seriedad comienza a practicar con su padre la pesca. Para pescar usan anzuelos hechos de espinas de pescado, conchas de tortuga o de hueso. Pescan con cañas en sus canoas y con cabuya desde la orilla. También pescan con lanza o palos puntiagudos, tanto en los ríos como en las playas.

Hacen redes y trampas de corrales fabricados con palos unidos con bejuco, clavados en el fondo del río y otros lugares donde se atrapan peces, mariscos y tortugas.

Para atontar los peces usan vabasco para recogerlos sin mayor esfuerzo. Amarran con cabuya de maguey al pez guaicano que se adhiere fuertemente a peces más grandes, y a las tortugas marinas. Así los halan hasta la orilla y obtienen una sabrosa pesca sin mojarse un solo dedo.

Aprende también Mabo sobre la caza, de jutías, loros, higuacas, macos, paloma silvestre, murciélagos, culebras sobre el uso del arco y la flecha, el uso de la macana y de todas las armas que conocen y usan. Aprende no sólo a usarlas sino a fabricarlas también.

Taguey le enseña cómo se fabrican las canoas pequeñas y las grandes que llevan hasta 100 hombres a bordo.

Viaja con su padre Taguey por mar y visita los Aytises donde conoce al cacique Amanex. Conoce también a Anacaona, "flor de oro" hermana del cacique Bojekio, la esposa del gran Caonabo. La ve bailar en un areyto y queda maravillado por su ritmo y belleza. Los aityses la admiran y la quieren mucho. Visita además Abaque, Guaynay, Toeya, Camito, Amonea. No llegan a la Saona porque allí habitan los caribes. Entre los aytises y Boríkén, visita Ay Ay, Cicheo y Bieque.

Durante todo el trayecto es instruido por su padre, figura de respeto que a todos causa admiración. Mientras Mabo recibe orgulloso los conocimientos de su padre, Guaikia recibe los de Aguana, aprende de la siembra de la yuca, el maíz y otros alimentos, el uso de la coa, del burén, la confección de adornos, pinturas, casabe, aprende sobre las plantas silvestres, a tejer cestas, cabuyas, hamacas y naguas.

Y ambos Mabo y Guaikia toman la tarea de enseñar al próximo Matúnjeri, cacique Agueybaná todo lo que saben. El padre Sol lo ilumina diariamente y la hermosa rana dorada, su cemí particular lo protege y le da conocimiento y sabiduría por eso el aprende con mucha facilidad.

Mabo no se cansa de contarle a Agueybaná sobre su viaje a la tierra de los Aytises y de la hermosa cacica Anacaona a quien vio bailar en un areyto. Sus ojos se llenan de brillo y admiración cuando la menciona.

Agueybaná lo escucha atentamente, tiene interés en aprender de todos y de todo.

Los nobles del yucayeque, el behique Bokio y el cacique Cayakén lo adiestran en todas las artes necesarias para el lugar privilegiado que va a ocupar. El se beneficia de la sabiduría de los grandes y la sagacidad de los chicos. Crea con ellos fuertes lazos de amistad, hermandad, compañerismo y amor.

Mientras crece vigoroso, introvertido y amoroso Agueybaná sus padres Yoabey y Guariba esperan un segundo hijo, el hermano o hermana menor de Agueybaná.

Guariba con su panza esperanzada, su sonrisa perenne, y su inusual brillo en los ojos está pendiente de todas las necesidades de su amado Agueybaná.

Así pasan las lunas una tras otra hasta que un día caluroso, de cielo gris, con aire quieto se ven llegar a los arboles aves que moran en las costas de Borikén, los tainos presienten que el temible jurakán los acecha. Ha sido un año de buena cosecha y abundantes frutos y esto se toma como indicio de tiempo tormentoso.

Hace apenas dos lunas celebraron el rito de la cohoba y el behique en su trance reveló que los dioses Guabancex, Guataúba y Coatrixquie no iban a aplacar en ese tiempo al temible Jurakán.

Por eso no les tomó por sorpresa la quietud de los arboles, el calor intenso y la desviación de las aves costeras hacia el interior de la isla, indicios de la visita de Jurakán.

El cacique instruyó a su pueblo a buscar refugio en las cuevas formadas entre las altas rocas en la montaña lejos del amado rio y las quebradas que lo nutren.

Allí llevaron frutos y agua. Pusieron a los niños en las áreas más seguras para que el agua y el viento no los castigara. Las mujeres cerca de sus hijos, y los hombres formado un círculo protector a su alrededor. Los guerreros cerca del hueco o boca de la cueva para que vigilen los estragos y castigos del temible dios Jurakán.

Guariba en lugar seguro con su tesoro, su hijo amado y su vientre adolorido.

Ya dentro de la gran cueva comenzó el behique a pedir al dios Yucahu, dios Yuquiyu gran dios, poderoso dios para que alejara Jurakán. Majestuoso dios yunque, erguido en el este de la isla de Borikén, húmedo hasta en sus entrañas siempre presto a detener a Jurakán.

El cielo comenzó a obscurecerse por las tierras del Matungerí cacique Jumacao y lentamente el manto negro que cubre todo el horizonte comienza a acercarse a Guaynía.

En la cueva comienza a sentirse unos vientos, pero no son tan temibles ni poderosos. La lluvia cae sin piedad formando múltiples riachuelos que bajan de las lomas y montañas hasta morir en el cauce de ríos y quebradas que los conducen al mar.

Un rio transparente que se torna barroso, obscuro y serpentea con furia dando azotes saliéndose de su cauce.

Los guerreros apostados a la entrada de la cueva informan a todos sobre lo que sus sentidos perciben, ' el viento no es tan fuerte" la voz corre por toda la cueva.

Unos a otros repitiendo el mensaje. "el rio arrastra ganchos de los arboles pero nuestras siembras siguen de pie en el conuco' esto les causa contento "los bohíos y el caney se ven bien desde aquí" y sus dientes aplanados, anchos y blancos brillan en la oscuridad de la cueva, ríen de alegría.

Todos ríen de alegría menos los dientes apretados de Guariba mientras se retuerce de dolor en una esquina de la cueva. Su vientre se contornea con fuerza y aparece un hilo de sangre que surca el suelo.

Así nace el segundo hijo de Guariba en una oscura y alta cueva entre las rocas, entre la lluvia tempestuosa, el viento y el temor al dios Jurakán.

Llega la claridad y se apacigua el mal tiempo. El behique ñangotao al lado del matunjerí cacique Cayakén, los dos frente al cemí pidiendo con toda devoción y respeto. Oran así a su dios bueno y bondadoso:

Guakia baba
turey toca
guami–ke–ni
guami–caraya–guey
Guariko
guakia
tayno–ti
bo–matun;
busica –guakia
aje–cazabi;
juracan–na
maboya–ua
jukiyu–jan;
Diosa
nabori daca
Jan–jan catu

Luego de rogar, hablar y hacer canticos a sus dioses el behique se manifiesta sobre el nacimiento del hijo de Guariba, pide a los dioses por él y mientras pide en sus ojos se ve un brillo especial. Él sabe que es un niño luminoso el recién nacido, que nació en esa noche cuando Jurakán rozó a Borikén.

Como siempre Yucahú, Yuquiyú, Yunque dios amado, batalló con los vientos que traía Jurakán y lo alejó de su tierra, su amada tierra Borikén. Venía Jurakán con su furia pero fue más fuerte es el gran Yucahú que lo devolvió al mar.

Salen todos de la cueva, primero los guerreros, luego los hombres y luego las mujeres con sus niños.

Noche misteriosa en la que Guariba entró a la cueva con un hijo y salió de la cueva con dos.

Yoabey el esposo de Guariba con la ayuda de otros guerreros carga a Guariba y a su recién nacido hijo en una estera de paja.

A su lado Taguey carga en brazos a Agueybaná. Todos bajan por la ladera formando una larga y ordenada fila.

Cuando llegan ven que están de pie todos los bohíos y el caney del cacique, sus instrumentos de vida diaria y sus cosechas.

Cantan llenos de júbilo y en ese momento muestran la alegría contenida por el temor, la alegría del nuevo vástago de Guariba y Yoabey, el hermano menor de Agueybaná, futuro cacique de Guaynía.

Aún con lluvias intermitentes comienzan a preparar el areyto. Areyto de regocijo, de felicidad, de procreación, de virilidad, de plenitud.

Dan nombre al nuevo hijo, a éste segundo hijo le llaman Guaybana. Guaybana el hermano de Agueybaná. Guaybana ágil desde que fue engendrado en el vientre de su madre.

Como siempre el areyto duró tres días de festejos. No fue un areyto tan grande como el del nacimiento de Agueybaná pero estuvo lleno de alegrías y de mucho colorido.

Usaron un cemí en forma de loro, en forma del loro que habita en el Yunque, Yunque montaña sagrada encarnada en el venerable dios Yucahú.

El mismo loro que amaba Guantamarí el bisabuelo de Guaybana. El colorido loro que vuela libre entre los árboles, entre las flores y surca el alto cielo azúl. Oraron a Yucahú, guami-ke-ni (Rey del mar y tierra) guami-caraya-guey (Rey del sol y luna) Y así encarnó la libertad del mar, la libertad de la tierra, la libertad del sol y la libertad de la luna en el goeiz de Guaybana para siempre. La libertad encarna en Guaybana a través del cemí-loro.

Y Guaybana se convierte en el poseedor de la libertad desde el momento de la encarnación.

Pasaron lunas tras lunas, tiempos de sol y tiempos de lluvia, tiempos de paz y tiempos de guerra con los caribes, tiempos de juventud y tiempos de vejez, tiempos de vida y tiempos de muerte. Y en todo tiempo, Agueybaná creciendo feliz y saludable al lado de su hermano Guaybana, junto a Mabo, Guaikita y demás niños del yucayeque.

Y la diosa Attabeira, diosa de la fertilidad satisfecha con los hijos de los hombres vuelve a estimular la fertilidad en la casa de Guariba y Yoabey. En ésta ocasión una barriga pequeña y redondeada que hace lucir a Guariba más hermosa.

Yoabey muy feliz porque está trayendo a su yucayeque más tainos, buenos tainos que tanto se necesitan para la convivencia, para trabajar en las faenas de su diario vivir y para preservar sus ideas, devociones y creencias.

Una hermosa noche de taicaraya, noche de luna buena, noche en que la luna ofrece su mágico esplendor sobre la tierra, con el ulular del viento costero de fondo musical los hermosos hijos de Guariba y Yoabey, Agueybaná y Guaybana duermen plácidamente.

Sus caritas redondas de pómulos salientes y frente aplanada brillan como el oro sin pulir bajo los rayos hermosos de la luna blanca. Todo es quietud y paz cuando Guariba siente un chorro tibio correr entre sus piernas. Es el aviso de su parto. Viene en camino su tercer hijo o hija. El tercer alumbramiento de Guariba, ya experta en el arte de parir. El proceso es rápido y con poco dolor.

Así nace su primera hija. Guariba y Yoabey tuvieron una hermosa niña, resplandeciente como el sol a la que llamaron Guanina.

La resplandeciente Guanina, hermana menor de Agueybaná y de Guaybana, los tres hijos amados de Guariba y Yoabey.

Después de Guaikia y Mabo, la hermosa Aguana y el guerrero noble Taguey tuvieron dos varones, Guairo y Anaguao y otra hembra, la más chica de todos llamada Yuria.

Guairo, Anaguao y Yuria juegan entre los brazos de sus hermanos mayores Mabo y Guaikia y a veces en los brazos de Agueybana.

Junto a Guaybana y Guanina, forman con los otros chicos del yucayeque, un grupo unido, radiante y feliz. Son el orgullo de sus padres y de todos pues entre ellos no hay marcadas diferencias, la alegría de un taino es la alegría de todos, la tristeza de uno es la tristeza de todos, y un hijo de uno es un hijo de todos en cuanto a protección y cuidado se refiere.

Siendo muy chica Yuria trató de treparse en el árbol de jobos como lo hacían todos los chicos del Yucayeque, pero sin las destrezas necesarias, se paró sobre una rama que estaba bastante seca. La rama se quebró y Yuria cayó desde lo alto al suelo recibiendo un fuerte golpe en el lado derecho de su cuerpo que la dejó con problemas de movimiento en el brazo y coja de la pierna derecha para toda la vida.

Había una piedra blanca y grande bajo el árbol y Yuria azotó sobre ella. Hubo conmoción en todos. Preocupación y tristeza por lo acontecido. Llamaron al Behique Bokio que hizo todo tipo de oración y ritos de curación para sanarla pero la voluntad de los dioses fue otra.

El Behique fue golpeado severamente porque sus bailes y oraciones no se llevaron el mal de la pequeña Yuria, que se convirtió en minusválida. Este desacierto le costó al behique el ojo izquierdo por lo que quedó desde ese instante de castigo, tuerto para siempre.

Y nace la yuca, crece, madura, se consume y se vuelve a sembrar, y el maiz, el tabaco, el algodón y todo cuanto ellos cuidan.

Así transcurre la niñez y llega el periodo de adolescencia para Agueybaná. Dulce él como el pistilo de las flores de Borikén.

Pasando la pubertad de Agueybaná el cacique Cayakén junto a varios guerreros, y mujeres hace un viaje por mar para visitar a los hermanos haytises, y participar de un areyto en sus tierras. Un areyto en honor a los antepasados y su historia

A mitad de travesía fueron sorprendidos por varias canoas de caribes cuando pasaban por Amoná. Ocurre un enfrentamiento los tainos van en una sola canoa grande y los caribes en varias canoas pequeñas lo que les facilita atacar por varios lados a la vez.

Yoabey se convierte en escudo humano para proteger al Matunjerí Cacique Cayakén. Pero es imposible salvarle y en el intento ambos mueren cuando una flecha los traspasa en el centro del pecho.

Los tainos de Borikén cambiaron de inmediato la dirección de la canoa de regreso a su tierra. Dejaron de pelear no por falta de valor sino para salvar el cuerpo inerte del cacique Cayakén y evitar la deshonra y profanación del mismo.

Además del cacique mueren siete guerreros entre ellos el querido Toax hermano de Aguana y Yoabey el padre de Agueybaná, Guaybana y Guanina.

Los tainos en tierra ven llegar la canoa que acomoda cien hombres y/o mujeres mucho antes de lo previsto, para ellos un mal presagio.

Con sus pechos oprimidos corren a la playa a esperar la canoa con sus pies sembrados en la arena caliente.

De la canoa comienzan a bajar el cuerpo del cacique, gélido y ensangrentado. Con sumo cuidado y congoja lo acuestan en la arena y van en busca de los otros cadáveres y los disponen cerca. El cacique yace sobre la arena y su guanín brilla como un sol, los guerreros lo cargan sobre una superficie de tablas y pajas hasta el batey. El Behique invoca los dioses dando alaridos de dolor y angustia.

Yobaira limpia el cuerpo ensangrentado con sumo respeto y dedicación. Luego de preparar el cuerpo del cacique sigue con el cuerpo de sus guerreros.

Hay areyto de luto, hay luto en el yucayeque. Agueybana contrito y en silencio no sale del lado de su padre y de su tío en ningún momento, los mira como si quisiera entrarlos dentro de sí a través de las pupilas, los mira deseando ser poseído por los espiritus de ellos.

Guaybana con los dientes apretados, los ojos inyectados siente rabia y dolor mezclado con suma tristeza.

Guanina sensible y emocional baña con lágrimas su hermoso rostro chorreado de pintura.

Danza de dolor y muerte, los ojos de los tainos ya no titilan como las estrellas en la noche, sus cuerpos entregan la gallardía y donaire, la congoja los apresa, la familia de Aguana gime de dolor, han perdido al padre-cacique, a Yoabey su gran hermano de amor y también a su hermano de sangre Toax.

Guariba llora adolorida por la muerte que visita a su tierra, a su yucayeque y así misma. Pierde Guariba a Yoabey su esposo amado y al gran Cacique Cayakén su hermano carnal el mismo fatídico día.

Preparan la cueva donde dispondrán del cacique y su esposa preferida. Buscan los mejores alimentos, vasijas bien labradas, dujos y otras pertenencias importantes. Allí harán su viaje al Turey, el viaje de donde no regresan en el mismo cuerpo jamás, aunque tendrán vida después de la muerte en la forma natural que sea.

¡Oh! Tierra guarda en tus entrañas el cuerpo de nuestro amado cacique, cacique y padre de todos.

¡Oh! Agua clara, limpia y purifica, aire fresco limpia y eleva, fuego de la vida consume, que el viaje de nuestro cacique-padre al Turey sea libre de angustias.

¡Oh! Diosa Attabeira, Dios Yucahú hijo, cuiden de nuestro cacique en el largo viaje de los muertos. Que su opia vaya, vuelva y permanezca entre los que lo amamos. Permitan que la comunicación con su pueblo sea perenne y continua.

¡Oh! Dioses del turey, dioses de la tierra, dioses del mar protejan al gran Cayakén cacique de Guaynía en su viaje a la tierra de los muertos.

Guaynía tierra vestida de luto, Guaynía río que lleva en sus aguas las penas al mar.

¡Oh! Attabeira, diosa, madona, toma estas penas, estas lágrimas y conviértelas en conchas nacaradas, para hacer collares al nuevo cacique, con la energía y el poder que le deja su amado tío.

Así va el Matúnjeri cacique a Cayakén a su nueva morada acompañado por su esposa preferida. La esposa preferida que muestra sus ojos llenos de terror cuando la depositan viva en el hoyo profundo, en contra de su voluntad.

Comienza una nueva etapa en el yucayeque, un nuevo cacicazgo levantado sobre las cimientes todo lo conocido, continuando con las costumbres, ideologías y significado esencial de la vida diaria conocida.

Los tainos viajan al yunque para hacer una ceremonia en honor al dios Yucahú. quieren llegar a sus empinadas laderas bañadas por chorros de agua cristalina. Esos chorros que parecen lágrimas del padre Yucahú.

No desean los tainos que en su peregrinación aparezcan ni lechuzas ni murciélagos que son símbolos de muerte, ya acaban de verlos antes de la muerte del Matúnjeri Cacique. Son mal presagio.

Van al Yunque por los espíritus superiores que controlan la naturaleza humana y el mundo. Ellos tienen que halagar, apaciguar o neutralizar estos espíritus haciendo sus ritos y ceremonias sagradas.

En ésta ocasión quieren preparar el ambiente para el nuevo cacicazgo.

Adentrados en la montaña, cerca de unos de los muchos riachuelos que emanan de ella, se detienen a tallar símbolos en las piedras y en las cuevas. Figuras de arte que representan a los dioses, a los humanos, los animales de su entorno y a los elementos de la naturaleza que les rodea.

Quieren vibraciones buenas en el tiempo de cambio de caciques en su yucayeque, van a su montaña divina, la que los protege del dios Jurakán, su sagrado Yunque.

En esta peregrinación los acompañan los caciques de toda Borikén y todos los tainos que pueden soportar la larga y alta travesía.

Suben lentamente a la montaña con rezos y cánticos. Hacen paradas para comer, descansar, bañarse y pintar sus cuerpos con bija, jagua o embarrarlos (ponerles barro) para repeler a los mosquitos.

En estas paradas suelen contar historias mágicas de sus antepasados. Entremezclan historias de miedo con experiencias y aventuras vividas, y con sus creencias religiosas.

El behique observa con detenimiento las raíces de los arboles buscando mensajes divinos en ellos, mensajes de los muertos que allí se manifiestan.

La peregrinación es larga y muy concurrida. Les toma muchas lunas el llegar hasta la cima.

Una vez en la cima se reúnen y danzan levantando los brazos hacia la inmensidad para que el dios Yucahú los proteja. Las espesas nubes bajan a abrazarlos y los bañan con agua pura. Llueve a cántaros señal de bendición, danzan bajo la lluvia, oran.

Luego cesan y se aquietan para escuchar al Behique y al matunjerí Agueybaná que hacen alusión a la historia de Borikén. Hablan de la grandeza de su cacique- padre Cayakén que mora en el Coaibai. Y hacen un recuento general del estado del yucayeque de Guaynía.

De igual manera los demás caciques de Borikén hacen lo mismo y hablan con su gente junto a sus behiques. Son muchos los caciques presentes, intercambian ideas datos, situaciones, preocupaciones. Participan unos de los eventos del otro, y toda la población presente se nutre de las experiencias, conocimientos y expectativas.

Al momento de danzar e invocar todos lo hacen al unísono cuantas veces fuere necesario. Es una magna congregacíon que permite y estimula los casamientos entre yucayeques diferentes, la amistad y el buen vivir de todos.

El cacique de Mabodaca presenta a su hermosa hija Guaranai quien deleita a los presentes danzando con furor, Mabo recordó a la gran Anacaona cuando la vió bailar en un areyto en la tierra de los Aytises. Agueybaná lo vio absorto mirando el mágico contorneo de la hermosa taina y se le acercó preguntando en voz baja

¿Era así la hermosa Anacaona de la que tanto me hablaste en mi niñez? Mabo movió afirmativamente su cabeza sin separar la vista de la joven mujer.

Agueybaná la observó detenidamente con asombro y admiración. Sintió cucubanitos haciendo cosquillitas en su estómago. Sintió un sustito raro pero agradable.

Cada año hacen la peregrinación, en este momento coincidió con la muerte del gran Cayaquén y sus guerreros y lo tomaron como tema principal en la congregación general aunque todos los yucayeques contaron con el tiempo necesario para las intenciones propias.

Besan la montaña protectora y emprenden el camino de vuelta. Un largo camino, todos en fila por las estrechas veredas. Bajan del Yunque llenos de magia, de ilusiones, de creatividad y de esperanza. Descansan a intervalos cuando regresan, comen frutas que recogen en el mismo camino, toman agua de los cristalinos chorros que serpentean por las laderas del majestuoso Yunque, y duermen bajo espesos arboles o sobre las piedras altas del rio.

Los tainos de Guaynía son acompañados por la mayoría de caciques de Borikén, que fueron a la peregrinación del Yunque. Quieren estar presentes en el areyto ceremonial donde el nuevo cacique Agueybaná tomará lugar como figura máxima del yucayeque de Guaynía.

Preparan para el nuevo cacique un tejido para la cabeza con un círculo de tela y cuero en la parte frontal. Entrelazan hermosas plumas coloridas de loro y las mezclan con las de otras hermosas aves en la parte detrás del tejido.

En la parte frontal a los lados del círculo adorna el tejido con caracoles y piedras hermosas. Pulen el guanín dorado que le pondrán en su investidura, debe brillar como el sol cuando está en cenit. Un sol para el gran sol de Guaynía.

Tras la pena por la muerte del cacique renace la esperanza en la figura de Agueybaná. Mabo esta henchido de placer y ayuda a Aguaybaná en todo momento.

Los jóvenes que han crecido junto a Agueybaná están eufóricos. Desde temprano comienza la música y las danzas. Tocan el mayobao, maracas, tambores y güiros. Música candente, rítmica, tropical.

El behique Bokio con su vestimenta característica, pintado con bija en sus cachetes y antebrazos, pulseras coloridas en manos y pies y su hermoso penacho, es el centro de la danza.

Cuando termina el Behique Bokio su danza, Guaranai y Guaikia danzan en el centro del batey de manera espectacular. Así se van uniendo todos a danzar, cantar y tomar uikú

De momento todos paran de danzar y cantar y hacen absoluto silencio. Del caney surge la figura carismática de Matúnjeri Cacique Agueybaná, joven, atractivo, fuerte y sonreído.

Su imponente figura avanza por el centro del ceremonial y se para al lado del dujo donde se sentará más tarde. En ese momento todos ríen, muestran cordialidad y le dan a entender la satisfacción y alegría que sienten y el apoyo incondicional en su mandato.

Taguey está cerca de él y en todo momento lo protege. También Mabo el hijo de Taguey permanece a su lado.

Miles de ojitos oblicuos, negros y brillantes se posan sobre la figura de Agueybaná. Entre ellos los hermosos ojos de Guaranai que lo mira extasiada.

Agueybaná luce sereno y hermoso con su imponente penacho de plumas de loro y otras aves tropicales.

Agueybaná toma la palabra y hace un recuento de sus experiencias de vida y su historia y el respeto que profesa a la figura de su amado tío Cacique Cayakén que partió al coaibai. Habla de las virtudes de su madre Guariba y de su fenecido padre Yoabey y expresa el orgullo que siente de tener a sus amados hermanos Guaybana y Guanina.

Su madre Guariba, Guaybana y Guanina se ponen de pie y se acercan a la figura de Agueybaná con el respeto que merece su alta distinción. A su derecha el Behique Bokio segunda persona de importancia de poder en el yucayeque.

Ambos con ropa distintiva y hermosos penachos en la cabeza, la distinción de Agueybaná es el guanín dorado que le pone en ese instante el behique Bokio en su cuello.

Traen el cemí de la rana dorada con bellas incrustaciones que tallaron en el momento del nacimiento de Agueybaná el gran sol.

Y continúa el magno acontecimiento, el areyto de cambio, de alegría y felicidad para todos.

Una peregrinación de muchas lunas hasta la cima del Yunque, Yuquiyú encarnación del dios Yucahú, seguida del areyto de toma de poder de Agueybaná, tres días, música, baile, cánticos y festejos.

Asume su cargo el nuevo cacique, el sol brilla hasta rechinar en las rocas blancas del rio Guaynía llenas de destellos de luz. El sol brilla sobre la piel cobriza de los tainos y su cabellera lacia y negra. El sol brilla en el corazón de cada buen taino.

Y bajo el cielo azul de nubes blancas, el sol brilla sobre las filas de tainos que regresan felices con sus amados caciques a sus respectivos yucayeques.

En Guaynía, Agueybaná se convierte en cacique, joven, hábil, moderado e inteligente creciendo en sabiduría a cada instante.

Es tiempo ya de que el Matúnjeri cacique Agueybaná consiga esposa preferida. Y su corazón late de emoción al pensar en la hermosa Guaranai.

Movido por el palpitar de su corazón, compra con hermosas prendas de adorno, y alimentos, a Guaranai hija del Matúnjeri cacique Mabodaca, y con esos lazos de amor une los yucayeques ganando poderío e importancia en la isla amada. Enlace que se forma bajo el consentimiento de Guariba madre de Agueybaná, figura de mucho poder en Borikén.

Vive en el caney donde vivió su fenecido tío. Junto a su madre y sus esposas. Su primera esposa es Guaranai hija del Matúnjeri cacique Mabodaca, la segunda esposa Gaisa hija de la Matúnjeri Cacique Yuisa y la tercera esposa Ladia hija del Matújeri Cacique Orocobix. Compra en diferentes cacicazgos a sus esposas todas nobles y hace alianza con sus yucayeques. Con estas alianzas matrimoniales, su coraje, su fe, sus buenas decisiones, su fervor y respeto a las costumbres logra el puesto de mayor jerarquía en la isla. Todos obedecen sus órdenes y desiciones. Gobierna toda la isla de Borikén es el jefe máximo.

Amado desde su nacimiento, crece en amor, justicia y sabiduría durante su cacicazgo.

La primera esposa de Agueybaná, Guaranai, ve crecer su vientre llena de alegría.

Agueybaná se siente satisfecho. Al cabo de muchas lunas comienza con su proceso de parto. Yobaira, el behique y las demás esposas vienen a ayudarla al caney. Nace una niña que no llora al nacer. Todos se desesperan y el behique interviene para ayudarla pero no tiene hálito de vida.

Mal presagio, desdicha y desolación. Aquí se impuso Maquetaurie y sus opias.

Mabo refiere que vio un murciélago volar sobre el caney esa noche.

Todos buscan al behique Bokio y le dan un fuerte castigo corporal no salvar a la recién nacida. Adolorido el Behique se va a su bohío y se recuesta en su hamaca.

Luego de este fatídico momento Agueybaná tiene una hija saludable a la que llama Coba en honor a su nacimiento el mismo día que se celebraba el rito religioso de la cohoba en el Yucayeque. Agueybaná y Guaranai se sienten muy orgullosos y su yucayeque hace un areyto lleno de música, felicidad, y alegría.

Así sigue la vida Borikén, placentera y ordenadamente.

Guaybana crece al lado de su hermano el Matúnjeri Cacique Agueybaná y aprende todo de él. Se aman y respetan la diferencia de carácter que existe entre ellos. Agueybaná el gran sol, es dócil, diplomático, su hermano Guaybana es bravo e indómito.

Guaybana juega el bató con marcada destreza y donaire. Además de la diversión disfruta de la parte espíritu–religiosa del evento. Es muy talentoso en todo lo que hace. Caza con gran agilidad y siempre trae buena presa cuando sale a cazar. Todos lo admiran. Se convierte en un gran guerrero, muy buen defensor de sus tierras y los suyos. Siempre al lado de su hermano defendiéndolo y admirándolo en su máxima posición política, económica y social.

Los caribes le temen, temen mucho a Guaybana el bravo de Oubao Moin.

Guanina mujer dócil, hermosa, callada, recelosa y retraída crece al lado de Guaybana el bravo, el fuerte, el que nació guerrero y también crece al lado de su importante y noble hermano Cacique Agueybaná.

Desde niña Guanina atrae a todos por su cuerpo bien formado, sus ojos brillantes guardados por espesas pestañas y su cabellera abundante, lisa y negra. Hermosa y retraída a veces parece caminar por el aire. Guarda bien su sentir pues ni sus propios hermanos conocen su corazón.

Algunos tainos la miran enamorados pero nadie la mira como Guarionex. El la mira con pasión desmedida, enamorado hasta la muerte.

Gozando Matúnjeri Agueybaná de pleno poder en todo Borikén, llegan a la isla nuevamente los blancos unos 15 años de ellos más tarde desde que los visitara Cristóbal Colón en aquella aventura que contaba Taguey, Toax y otros guerreros, cuando estuvieron a punto de morir a manos de los caribes cerca de Sibukeira.

En ésta ocasión llegan los españoles al mando de un jincho llamado Juan Ponce de León. Al verlos Agueybaná los recibe con nobleza y alegría porque los cree dioses y porque Guariba su madre, figura muy importante en su vida y la vida del yucayeque le explica que ellos vienen para el bien porque ya había tenido algunas noticias de su arribo a la tierra de los Aytises.

El Gran Sol hace guaitiao con Juan Ponce de León y se confunde en una absoluta lealtad de su parte. Con su sonrisa franca, ignora por completo lo que guarda el déspota blanco en su corazón.

Nunca se enteró el buen cacique, que el blanco era de noble ascendencia, que colaboró en la brutal conquista de las tierras Aytises y recibió el encargo de conquistar de igual manera a la cercana isla de Borikén.

Logró ser nombrado gobernador de Borikén arrancándole todo el poder al Gran Sol. Solicitó permiso para explorar la isla de Borinquén 'descubierta" por Colón porque sobre todo allí había oro. Firmada una capitulación en favor de Ponce de León en la que se comprometía hacerse "amigo" de los indios, explotar el oro, cultivar alimentos para los españoles y construir una casa fortaleza.

Aquel blanco que le abrazó como "hermano" vino en realidad a quitarle todo el poder, el honor, la gloria y la vida usando la fuerza bruta.

Inocente y noble Matúnjeri Agueybaná lo ayuda a explorar la isla y lo acompaña a las tierras de los Aytises. Le da a conocer sus secretos, su historia y le entrega parte de dioses cemíes pensando que trata con su "hermano" un semi dios blanco e inmortal que va a saber apreciarlos.

Los tainos respetan, temen y adoran a sus dioses, sus cemíes son el centro de su vida mágico-religiosa. Entregar un cemí representa otorgar el más alto honor al otro, es regalarle todo lo que ama, lo que cree y lo que lo representa.

Pero los españoles no le dan importancia a estas imágenes de los dioses ofrecidas a ellos. Las consideran horribles demonios y las queman sin compasión ante la mirada atónita y aterrada de los tainos.

Los tainos comienzan a dudar y temer a aquellos blancos rústicos y poco compasivos.

Juan Ponce de León va directo a su encomienda olfatea como sabueso buscando oro. Las primeras muestras de oro, que obtiene el blanco Juan Ponce de León en Borikén son las de los ríos Manatuabón, Guayaney y del Cibuco.

Y es ese oro que tanto los blancos aman el causante de la desgracia de los pueblos indígenas. El oro que esclaviza al blanco que lo ama desmedidamente y al taino explotado sin alimento ni descanso al extraerlo para el deleite de los blancos españoles.

Así comienza la esclavitud. La esclavitud del blanco que es esclavo de su amor desmedido y sin cautela ante el oro que lo subyuga y la esclavitud del taino por el imponente y cruel amante y buscador de oro.

Que dolor tan grande para los nuevos esclavos de los crueles españoles. Conocen ahora lo que es la traición de un "hermano" traición a aquel que con noble y limpio corazón practicó el guaitiao hasta llegar a cambiar sus nombres. Traición, frustración, desengaño, desilusión, sus creencias mancilladas, malditos blancos que vinieron sin ser llamados, ni deseados, ni buscados.

La piel cobriza y lozana de los tainos, sus ojos brillantes, su perenne sonrisa, y su hablar dulce y quedo se desaparecen como desaparece el sol en las noches y cuando hay tormenta o lluvia.

En Borikén llueve por fuera y llueve por dentro. Borikén está gris, hasta los arboles se marchitan. Les han destruido su patrimonio, su religión, su cultura, y su vida diaria.

Los tainos presentan ahora piel macilenta, ojos tristes y opacos, su sonrisa es mustia. Caminan y chocan sin sentido de pertenencia, sin estima, sin autoridad. Mancillados, sufridos, y mermados sin compasión. Mermados por las enfermedades que trajeron los blancos a su tierra, enfermedades del cuerpo y enfermedades del alma. Ninguna enfermedad se entiende, pero las del alma son atroces.

Dura muy poco tiempo Matúnjeri Agueybaná bajo la tiranía de los blancos. Prefieren matarlo para acabar con su poder, destronarlo y así esclavizar a los tainos sin dificultad.

El pueblo taino, oprimido, dolido, frustrado, ve morir a su Matúnjeri cacique-padre, su amado cacique asesinado. Lloran en silencio para no magnificar la alegría de los prepotentes, de los poseídos, de los subyugadores. Aquellos blancos caprichosos, engreídos, crueles, impuros no deben saber más de ellos y no deben ver su dolor.

Cuando asesinan al Gran Sol, asesinan también a su fiel guerrero Taguey. Taguey el amor de amores de Aguana. El ejemplo de un guerrero, padre, esposo, hijo, hermano y taino ejemplar. El amigo inseparable, el súbdito leal, el hermano de Matúnjeri Agueybana. También muere Mabo su amado hijo, otro gran guerrero, contemporáneo y fiel a el Gran Sol.

Si son malditos los caribes, más malditos son los blancos despiadados. La sensibilidad de Aguana no soporta tanto dolor, desesperada huye al monte y en la soledad se suicida ahogándose con su propia lengua.

Ennegrecida cae de bruces sobre una roca. Su cuerpo abandonado por su opia, abraza la roca que la vio morir.

Guaikia, pierde a su padre Taguey, a su querido hermano Mabo, además de su cacique-padre el mismo día. Busca con desespero a su madre amada y no la encuentra en ningún lugar, se adentra en el monte dando saltos desesperados de angustia, y es allí donde se topa con el cuerpo inerte de su madre. Gran tragedia para todos.

Guaikia además de todas las pérdidas sufridas, sufre en silencio el llevar en su vientre un hijo no deseado, fruto de la violación salvaje de un blanco cuando se bañaba en el rio Guaynia.

Era temprano en la mañana cuando Guaikia fue al río, los mosquitos la habían picado en la noche y tenía mucho escozor. El agua clara y limpia del rio era un bálsamo para la piel llena de picaduras.

Decidió bañarse para buscar alivio y mientras disfrutaba del agua como solía hacer varias veces al día no se percató de un blanco libidinoso que la observaba lleno de lujuria.

Guaikia salió del agua y corrió, pero el blanco la alcanzó tirándola de su hermosa cabellera la recostó de una peña y tapándole fuertemente la boca para que no gritara vilmente la ultrajó.

Un grito de desesperación se ahoga entre el follaje, Guaikita con pocos meses de un embarazo no deseado, el enjendro de un ser mitad taino y mitad blancoen su vientre.

Un estado que guarda en secreto por vergüenza, asco y coraje corre maltrecha a la pendiente, y desde lo alto se tira al vacío.

Hay un triste areyto de luto, areyto de dolor, areyto de desesperanza. Los indios se alejan a la montaña y se adentran hasta el centro ceremonial de Otua, para que los blancos no los vean con tanto dolor. Gimen y se lamentan por tres días, lloran por los muertos y por los muertos en vida. Lloran a los que no están y con más dolor aún por los que están. En Borikén, cayó el telón, en Borikén murió la esperanza.

Luego de éste areyto negro la vida en Borikén está marcada por la desolación.

Así sube al poder Matúnjeri Guaybana, el hermano de Matúnjeri Agueybaná. Es un cacique indomable que lucha con coraje e hidalguía por su tierra y por los suyos, se opone al cobro de tributos, a la mutilación, al asesinato de quienes no lo pagaban y se opone a todas las crueldades e injusticias que son el diario vivir en Borikén.

Otro blanco déspota, Cristóbal Sotomayor crea un pueblo y entre los indios que mantiene esclavizados sacando oro y riquezas para sus lejanas tierras, esclaviza a Matúnjeri Guaybana, cacique de Guaynía, Cacique jefe de Borikén. Lo esclaviza pero no lo doblega, nadie lo doblega. Golpean su cuerpo, pero su espíritu se mantiene erguido, su frente al sol claudica a la hora maldita.

Un día Cristóbal Sotomayor envía a Matúnjeri Guaybana y a tres indios a la tierra de Guaynía para que les traigan alimentos, vasijas y tejidos que necesita para embarcar a España.

Durante la noche, Guaybana se escabulle entre los árboles y busca un refugio para su alma atormentada. Camina de noche sin temor, ya no le teme a los maboyas y sus opias. Total porque temerle a los maboyas ahora sí que conocen el mal y lo tienen de carne y hueso con ellos. Son la encarnación de los demonios que ellos enseñan. Hablan de un buen dios y de un demonio en una lucha eterna entre el bien y el mal. Los tainos no conocían el mal como los españoles.

El rio Guaynía abraza con ternura las vidas que acoge en su cauce, mientras el repicar del agua rompe el silencio. Los peces rebosantes y las demás criaturas vivientes forman serpentinas pasarelas multicolores.

Es bajo la gran peña blanca donde el agua se estanca apacible. Esa quietud atrae los pensamientos profundos.

Es una noche estrellada como tantas otras y los tainos observan sobre la roca la imponente figura de su cacique Guaybana, llamado también Agueybaná segundo. Agueybaná el bravo por ser del linaje de Agueybaná el gran sol. Con su pelo azabache, su piel cobriza brillando bajo las estrellas, majestuoso, fuerte, piel y corazón guerrero.

Mira al cielo y fija su vista escudriñadora observando una a una cada estrella. El macrocosmos se abre cual brillante abanico frente a las diminutas pupilas que entrañan eternidad.

Luego de la minuciosa observación del firmamento baja la vista y ve en el agua el mismo abanico brillante que se abrió cuando miró al firmamento.

"como es arriba es abajo, como es abajo es arriba" y sintió por vez primera la sensación del gran vacío.

El todo, el infinito sobre su cabeza, el todo el infinito bajo sus pies.

Inhala profundo y se estremece viendo tan pequeños a los blancos que derraman la sangre de un pueblo sonreído, afable, amigable que les extendió su mano, ve pequeño también a su gente que lo permite, a la roca bajo sus pies, al rio y a sí mismo.

Las estrellas con sus halos de luz titilan, formando figuras de todo lo que él conoce, figuras que en su posición específica le delatan el tiempo, el pasado, el futuro. La tierra húmeda que circunda la roca, los árboles centenarios y aquella roca fresca le delatan el palpitar de la madre tierra tan respetada por todo su pueblo y tan violada por los atropelladores.

Unas estrellas más brillantes, unas más lejos internalizó la belleza que hay en la desigualdad, en el movimiento, en la estabilidad donde todo lo creado es.

Su piel aunque libre de vellos se erizó al entender que lo grande es igual a lo pequeño a pesar del tamaño, lo lejos igual a lo cerca de pesar de la distancia, lo brillante igual a lo opaco a pesar de la luz. Y entre lo que es y lo que no es hay un espacio sublime donde prevalece lo que es y lo que no es.

Sintió muy cerca la presencia de su hermano, su espíritu se manifiesta en su pensamiento.

Su hermano, el Gran Sol, el de mayor jerarquía en Borikén, noble entre los nobles, apacible, dulce, sonreído. Aquel que logró la organización social, política y religiosa más evolucionada de todas las islas. Y logró que Borikén se convirtiera en la frontera que evitó la invasión de los caribes a las grandes Antillas.

Una espesa nube se posa frente a la luna llena, la niebla cubre las estrellas y se torna oscuro arriba, se torna oscuro abajo y se torna oscuro adentro.

Sufre mucho el cacique, de lo profundo de su ser sale una esperanza "tras la nube prevalece la luna, tras la niebla prevalecen las estrellas, y siempre nacerá el sol".

Cierra sus ojos y escucha el rítmico y constante latir del corazón. Piensa en su madre Guariba, mujer que vino a Guaynía desde el yucayeque de Mabodaca, más bien callada, observadora y alegre.

Ella prefería ir a la ladera de la montaña que da vista al mar. Un mar azul verdoso que se va tornando en azul tenue a medida que se aleja perdiéndose en el horizonte, allí donde se desvanece la línea entre cielo y mar. Allí donde se vieron los enormes barcos que parecieron dioses y a su hermano Agueybaná y a su madre. Guariba su madre a la que ahora españolizada llaman Inés ya no puede ir a la ladera de la montaña.

La nube se fue enrareciendo lentamente y los haces luminosos de la luna trajeron de nuevo la alegría. Volvió el abanico estrellado arriba y abajo, la musa de su inspiración.

Encarna, el coraje, la nobleza, la justicia Su perfecta, ancha y blanca dentadura y sus taguaguas brillan con la luz, así como las lágrimas que asoman a sus ojos al recordar a los familiares ausentes que vivieron en Guaynía cerca del rio Guaynía, pisando la misma tierra que él pisa en este momento.

Sigue recordando a su hermano, cacique de caciques que gobernó a toda Boríkén. Recuerda muy bien cuando el Gran Sol, dio la bienvenida afable a aquel blanco Juan Ponce de León practicando el Guaitiao.

Fue tanta la osadía de los blancos, murciélagos nocturnos que trataron de borrar la vida taina al punto que llamaron a su madre Guariba, Inés, perdiendo así su nombre taino. Tal vez lo hicieron por otras causas pero para él fue otra forma de arrebatar la identidad de su pueblo. Una forma más de invalidar su raza, su gente, su cultura. Una forma más de borrarlos del mapa, extinguir lo que ellos ven como una raza inferior que nada merece.

Pensó cuando Juan Ponce de León junto Agueybaná el gran sol, conociendo a Borikén, encontró un puerto hermoso que el blanco llamó 'Puerto Rico'. Al oeste de ese lugar, junto al río Ana, "mandó a edificar bohíos. Y más tarde, en la ribera del río Toa, una granja. De vuelta a Puerto Rico y adentrándose en el interior, construyeron caminos, un desembarcadero y una casa de piedra.

Todo se basaba en construcción y destrucción, destruyendo todo lo creado y adorado por los tainos y sobre esa destrucción construyendo por la fuerza bruta, el castigo y la opresión la forma de vida que ellos imponían. Una forma de vida que Guaybana y los suyos no entienden ni aceptan. Dejar de amar a la gran diosa Attabeira y Yucahú además de sus otros dioses, de una manera opresiva y castigadora.

Tener que adorar un tejido como nagua de algodón con colores brillantes que ellos llaman bandera y una cruz que representa su dios. Doblarse frente a la bandera sin entender, y decir "viva la madre patria" porque esa es la tierra de ellos ¿Madre? No conciben los tainos así a las madres. No conciben los tainos así a los dioses, porque en nombre de los dioses no se hace tanta maldad.

Un soplo de calor sale de su corazón y se eleva hasta su cara, siente un nudo en la garganta. Indignado, enojado analiza y piensa Matúnjeri Guaybana los acontecimientos que están alterando todo en tan corto tiempo.

Su gente, su tribu, obligados a trabajar como esclavos en las minas de oro, en la construcción de fuertes, a darle sus cosechas, su oro, minando sus fuerzas y matándolos con armas, castigos, atropellos, salvajes imponiendo trato cruel.

Muy poco vivió su hermano, el gran sol luego del guaitiao, fue vilmente asesinado. Ya quedan pocos de su raza. Muchos se han suicidado prefiriendo morir por sus propias manos antes que morir en las manos viles de aquellos que vinieron a robar, a matar, herir, destruir, golpear y abusar de las mujeres que ellos tanto honran.

Recordó a Anacaona, la hermosa Anacaona que cautivó a Mabo en su adolescencia cuando la vio en un viaje que hizo con su padre. Mabo se esmeró en que todos supieran de ella.

Matúnjeri Anacaona, flor de oro, gran jefa taina, hermana del Matúnjeri cacique Bojekio y esposa del Matúnjeri cacique Caonabo, Oro Grande. Fue la gran cacica de la región de Jaragua en la tierra de los Aytises. Llegó a tener ochenta caciques bajo su mando. Fue la más linda taina del Caribe completo, traicionada por un español, aprisionada y ahorcada por el cuello en Santo Domingo como se llamó la tierra de los Aytises luego que llegaron los españoles.

El Matúnjeri cacique Caonabo, fue el primer indio rebelde de América que aniquiló una guarnición dejada por Cristóbal Colón en su segundo viaje, en el Fuerte Navidad. Después fue capturado por traición y al ser llevado encadenado hacia España murió en la travesía. Su cuerpo inerte tirado al mar fue devorado por los peces.

¿Y nosotros? subyugados con facilidad. ¿Por qué? Entonces la luz llegó a su pensamiento. ¿Son inmortales estos pálidos? ¿Son dioses? Los dioses no mueren, si ellos mueren no son dioses, pensó.

Como un relámpago Matúnjeri Guaybana se irguió sobre la roca, alzó su brazo derecho y su grito se escuchó por todos los predios, el dolor cargado en el grito se expandió por todos los diezmados yucayeques.

Los guerreros tainos, nitainos y naborias otearon en el ambiente el grito, un grito de vencer o morir con dignidad.

Matúnjeri Guaybana fuma un rollo de hojas de tabaco, el humo sube lentamente mientras él baja la peña con paso firme.

Es momento de fuertes decisiones, Matúnjeri Guaybana sabe que hay un menor número de guerreros y sus armas no son tan poderosas como las de los blancos pero la dignidad es importante el lema es vencer o morir y a morir el está dispuesto, un taino no debe perder su libertad, su orgullo, su dignidad por nada ni nadie en el mundo.

Vuelve Matúnjeri Guaybana al pueblo de Cristóbal Sotomayor y desde allí el cacique esclavizado comienza a urdir un plan.

Al amanecer envía mensajeros a todos los caciques de los yucayeques para que participen en una magna asamblea.

Así Matúnjeri Guaybana reúne en secreto a todos los caciques que componen el Consejo Supremo de Borikén, Matúnjeri Arama, Matúnjeri Arasibo, Matúnjeri Cacimar, Matúnjeri Caguax, Matúnjeri Canovanas, Matúnjeri Daguao, Matúnjeri Guasabo, Matúnjeri Guaraca, Matúnjeri Guarionex, Matúnjeri Guayama, Matúnjeri Jumacao, Matúnjeri Jayuya,

Matúnjeri Yuisa, Matúnjeri Luquillo, Matúnjeri Mabodaca, Matúnjeri Mabó, Matúnjeri Majagua, Matúnjeri Mayaguex, Matúnjeri Orocobix y Matúnjeri Urayoán.

Matúnjeri Cacique Orocobix es el gran gran Jefe del pueblo de Jatibonicu en la región montañosa de Jatibonicu. Es primo de los Matúnjeri Agueybana y Guaybana.

Matúnjeri Guaybana les habla de la situación tan apremiante que viven, la merma de los tainos, la destrucción de sus tesoros su cemíes apreciados, el maltrato, la deshonra, el robo, la mezcla con sus mujeres, y la pérdida de su libertad.

Les pide la rebelión contra el blanco, por el atropello sufrido, por la sangre inocente vertida. Oubao Moin ya no es tierra de sangre por sus victorias ante guerreros iguales como antes, ahora es tierra de sangre por la desigualdad de las armas.

La mayoría de los caciques reunidos se resiste a la rebelión que les propone Guaybana porque los tainos creen que los españoles no son tocados por la muerte.

Endiosan a los blancos y ven muy temeraria la orden de Guaybana.

Discuten el asunto por largo rato y llegan a un acuerdo. Es necesario comprobar si los blancos mueren. Deciden tratar de matar uno si es inmortal es un dios y hay que someterse totalmente a ellos, pero si es tocado por la muerte, el grito de guerra será ensordecedor y se hará lo antes posible.

Escogen a Matúnjeri Urayoán, el viejo, Cacique del Yucayeque del Yagueca, que sirve por liderazgo, valentía y experiencia como consejero de Matúnjeri Guaybana. Además la región del Yagueka es donde más blancos hay al momento. Yagueka, un puerto comercial donde se originan todas las actividades y decisiones de los blancos.

Se le asigna dar muerte a un español que pase por sus tierras. Los españoles andan muy confiados por las tierras indígenas porque ellos piensan que todos los tainos están controlados, minimizados, serviles y esclavizados.

Ante ésta actitud de plena confianza el Matúnjeri Cacique Urayoán saca ventaja para planificar y cumplir con el encargo del Consejo Supremo.

Un día un español, Don Diego Salcedo, llega de visita al yucayeque del Cacique Urayoán. El cacique lo invita a quedarse en el poblado durante la noche. Lo atiende bien como de costumbre y le alberga con hospitalidad y obsequios en su Caney.

Pasada la noche se despiden, el español se dispone a seguir su camino, Matúnjeri Urayoán lo hace acompañar de algunos de sus indios debidamente instruidos con anterioridad.

Cuando llegan al vado del Rio Guaorabo le ofrecen pasarlo a la otra orilla sobre sus hombros. Vanidoso y engreído accede complacido para no mojarse la ropa. Al llegar a la mitad lo hunden para ver si se ahoga. Sin salir de su asombro el español está minutos y más minutos tragando agua, hasta que se apagan las señales de vida.

Así lo sacan a la orilla y lo dejan tendido contra un árbol y esperan tres días a ver si resucita.

Cuando comienza a oler mal conocen la realidad. "Mueren como las plantas, el pájaro o el tigre malo", dice Uroyoán. Los españoles son tan mortales como ellos. ¡La muerte conoce a los españoles!

Sorprendidos y aliviados, avisan a Matúnjeri Urayoán y a Matúnjeri Guaybana.

Indios y caciques de otras regiones acuden a comprobar la mortalidad del español y se desengañan de sus creencias.

Hay Areyto de libertad en Boríkén. Son libres de la ignorancia que los ha sometido. Entre llantos, cantos y bailes festejan la muerte de Salcedo durante tres días.

Verificada la muerte del soldado Diego Salcedo, Matúnjeri Guaybana vuelve a convocar a todos los caciques de Boríkén.

Los infames "seudo dioses" mueren. Asienten a una sublevación general indígena para dar muerte a los malditos.

Esta noticia es acogida con júbilo por los indígenas pues significa poder recobrar su libertad. Desde ese momento comienzan los actos de rebeldía.

Grito de guerra, mejor morir que seguir siendo esclavos de los blancos. O ser cómplices de las atrocidades y el desenfreno de los que destruyen el aire, la tierra, el sol, el mar, sus creencias religiosas, políticas y económicas y la vida misma. Los indígenas no aceptan más el sufrimiento de los suyos, de su tierra, esperan que el sol alumbre sus vidas de nuevo. Si no alumbra sus vidas alumbrará sus opias.

Para ese tiempo, Guanina la hermosa hermana de Matúnjeri Guaybana es pretendida por el indio Guarionex, el que vive subyugado por su amor. Guanina al contrario vive locamente enamorada del conquistador Don Cristóbal de Sotomayor. Don Cristóbal de Sotomayor, alcalde mayor y fundador del poblado que ha bautizado con su apellido.

Guarionex lleno de celos, odia a Sotomayor. Cuando ve a Don Cristóbal caminando orgulloso por su pueblo, le grita con fuerza y coraje, "uno de los dos debe morir." Tú no mereces vivir porque me has robado el amor de Guanina y yo no puedo vivir sin ella.

Al tomar la decisión de batalla, Guarionex pide inmediatamente a Guaybana, que quiere atacar el poblado de su enemigo mayor, Don Cristóbal de Sotomayor.

Guaybana le concede su deseo y van juntos a la batalla contra los españoles y Sotomayor, los nobles matúngeries; Guaybana, Guarionex, Urayoan y Orocobix

Comienza la batalla. Cada cacique arremete contra los españoles de su lugar. Matúnjeri Guaybana dirige el incendio al pueblo Sotomayor. Todos cumplen a cabalidad su compromiso, todos luchan a muerte y mueren muchos invasores.

Güarionex no puede matar a Don Cristóbal de Sotomayor porque Guanina para salvarlo le advirtió que los indios se habían revuelto en su contra. Aquel corazón callado y encerrado de Guanina traiciona a los suyos por amor a un blanco.

Sotomayor huye con varios soldados a La Villa de Caparra para ver al Gobernador Juan Ponce De León. Guanina no quiere dejar a Sotomayor huir solo y se va con él.

Mientras tanto Matúnjeri Guaybana y los tainos enfurecidos persiguen a Sotomayor y lo atacan. Sotomayor pelea ferozmente con su espada mientras los golpes de las macanas de los indios le abren profundas heridas. Cuando Sotomayor está en peligro de muerte, Guanina se para entre Sotomayor y los indios y recibe en su cuerpo la herida mortal que se dirigía a su amado.

Sotomayor se distrae al ver herida a su amada y Matúnjeri Guaybana hábilmente lo traspasa con su flecha. Sotomayor cae en los brazos de su amada Guanina. Sus sangres se mezclan formando una sola. Una sola sangre que corre tal riachuelo enrojeciendo la tierra.

Guarionex aunque deseaba ser el que le diera fin a los días de Sotomayor, se siente feliz al verlo caer. Se entristece al perder a su amada, pero si no era para él no la quería para nadie.

Matúnjeri Guaybana pide que los entierren juntos pero dejando los pies de Sotomayor fuera de la tumba para que no encuentre el camino a la tierra de los muertos.

La noticia llega a Juan Ponce de León, gobernador de la isla y se enfurece. Con la sangre agolpada en su cara, grita: "Destruiremos a todos los indígenas, terminaremos con Guaybana y toda su tribu". Con los soldados que le quedan, ataca en la noche.

Muchos tainos mueren pero Matúnjeri Guaybana el bravo escapa.

El Matúnjeri cacique Mabodamaca con yucayeque en Guaiataca. Acampa con seiscientos indios para el ataque, el Capitán don Diego de Salazar, por orden de Ponce de León contraataca y los derrota, matándoles ciento cincuenta indios.

Así continúan los ataques produciendo cientos de bajas en los tainos.

Los tainos se defienden hasta el fin. Los sobrevivientes se refugian en la región de Yagueca donde esperan el ataque español comandado por Juan Ponce de León, ante la determinación de Matúnjeri Guaybana de "matar o morir."

Poco después de la muerte de Guanina y Sotomayor, los españoles rescatan sus cuerpos y los entierran uno al lado del otro, al pie de un risco empinado a la sombra de una enorme ceiba.

Dicen que cuando el viento agita de noche las ramas del árbol frondoso, se oye un murmullo, que no es el rumor de las ramas del árbol y se ven dos luces muy blancas, que no son luces de cucubano, sino las opias de Guanina y Sotomayor que se funden unidos para siempre.

Juan Ponce de León se dirige a atacar al atardecer. Hay un silencio y una quietud fantasmal. Huele a sangre sin haber heridos, huele a mala muerte. Negra la noche, negra como sus odios. El decide retirarse porque analiza que en una sola batalla puede tener muchas bajas y ser derrotado, decide atacar en pequeños enfrentamientos.

La gente de Guaybana, armada solamente con lanzas, arcos, macanas y flechas envenenadas en sus puntas, cae ante la superioridad en armas. Los indios mueren al no poder enfrentarse las espadas, lanzas de acero, ballestas, armas de fuego y técnica militar de sus enemigos. Logra el "hermano", el "amigo", el blanco traicionero, matar muchos caciques, entre ellos al bravo jefe Guaybana. Su sangre se esparce derramada sobre su tierra amada reclamando justicia.

Su guanín es salvajemente arrancado de su cuello, su cuerpo yace abandonado sobre el suelo cobrizo. El ulular del viento es el único testigo, huele a sangre, a dolor, a valentía, a traición. Huele feo afuera, huele feo adentro.

Ha muerto, Guaybana llamado también Agueybaná II, el cacique indomable que luchó con bravura e hidalguía por su tierra y por los suyos, que se opuso al cobro de tributos, a la mutilación y al asesinato de quienes no lo pagaban, que organizó a su gente para una poderosa insurrección, quien atacó muchos de los establecimientos españoles, después de romper el mito de la inmortalidad de los españoles, al hacer ahogar al español Diego Salcedo en el río Guaorabo.

Han muerto los sueños, las ilusiones. Ha muerto la esperanza.

Juan Ponce de León al saber que Guaybana el Matúnjeri cacique máximo ha muerto, ofrece perdón a los caciques que quedan vivos para hacer la paz con los españoles. Sólo dos caciques aceptan la paz propuesta por Ponce de León, el cacique Caguax del Turabo y el cacique del Otuao.

Los otros caciques y sus indios continuaron la resistencia replegándose muchos a la región montañosa de la sierra de Luquillo y retirándose a otras tierras vecinas donde se unieron a sus antiguos enemigos los Caribes para luchar contra el enemigo común.

Ponce de León desesperado por falta de manos para hacer el trabajo bruto que le devengaba tantas riquezas para los suyos, pide al Rey un bergantín para perseguir y capturar a los indios que dejaban a Borikén para evitar la falta de mano de obra.

Otros boricuas-tainos sobrevivientes, se suicidan. Algunas mujeres han aceptado estar con sus amos a los que les han parido hijos. Han cambiado su nombre, su estilo de vida y su religión. Se han quedado en el limbo, entre dos culturas bien distintas aferrándose internamente a sus raíces y frente a su nueva familia aceptando perderlas.

En el caso de Matúnjeri Baguanamey, hermano del Matúnjeri cacique Caguax de la región del Turabo. Su hija, españolizada, se convirtió en Doña María Baguanamey.

Angustia inevitable luego de cambios bruscos.

Fueron muchos los caciques esclavizados por los blancos, hasta la cacica Yuisa, cacica de Jamanio obligada a trabajar en las minas de oro por Juan Cerón, otro que buscaba oro y riquezas sin importarle el medio sino el fin.

Juan Ponce de León vendió los conucos del cacique Mabó, cacique Majagua, y otros caciques a los españoles haciendo mayor su poder y riquezas empobreciendo a los nobles tainos, desposeyéndolos de sus cosechas, sus tierras y todo lo suyo.

Al verse privado de la mano de obra a cargo de los tainos esclavizados, se le ocurre a Ponce de León otra brillante idea, si no tiene indios esclavizados, buscar otros esclavos y así entran al panorama los negros para reanudar los trabajos mineros, agrícolas y la reorganización de la colonia.

Los tainos que quedaron esclavos y no se suicidaron huyeron o murieron por la epidemia de viruela que azotó Borikén, ahora llamada Puerto Rico.

Esa es la historia vivida, los españoles cometieron innumerables atrocidades. Los suicidios en masa, trabajo forzado, y principalmente enfermedades que no conocían diezmaron su número rápidamente. Sólo ocho años después, de la llegada de Juan Ponce de León, había tan pocos taínos en el Caribe que Fray Bartolomé de las Casas logró ganar una ""orden de la corona"" para libertar a los indios que quedaban.

Si triste fue la historia de los indios boricua-tainos más triste aún la de los pobres negros arrancados de su patria, su hogar, su entorno. Amarrados con cadenas, amontonados y hacinados en un barco, sin ningún tipo de cortesía, tratados como animales salvajes. Era grande el número de negros arrancados de su vida, patria y potestad. Abordaban encañonados los barcos y era bien pequeño el número de los que llegaban a la isla, porque morían en el camino, ya fuera por enfermedad, hacinamiento o por asesinato.

Yo, saliva, sangre y sudor, Yuria, hija del sol y del viento, taina de la isla de Borikén. Yo, que me adueño del aire cuando lo respiro, del sol cuando me toca, del agua que consumo, de los arboles que devoran mis ojos, de los frutos que me alimentan, de la lluvia que me sostiene y del mar que me nutre. Soy dueña de todo lo que poseo, el sol, la tierra, el mar, mi persona y mi goeiz. Yo, espíritu indomable de los indígenas, guardo la huella profunda testimonio de la lucha entre explotados y explotadores.

Yo que me adentré en una cueva y la hice mi refugio y mi morada, por mi condición física deplorable no fui mancillada ni atacada, doy fe del dolor experimentado de la frustración, el coraje, la humillación, la pérdida irreparable de la libertad, la salud, la quietud y la forma de vida sana que una vez conocimos.

Ya que no pude agarrar una macana para defender mi Borikén, he mantenido escondido en la cueva uno de los nuestros que fue gravemente herido en la batalla de Yagueca. Lo curé con nuestras yerbas medicinales, el aname, la sabila, la tua-tua y la higuereta. El cojea como yo pero está vivo. Con él he conocido el amor de pareja y hemos traído al mundo un hermoso y rollizo indio taino. Le llamamos Jaguán. A nuestro hijo Jaguán le enseñamos todos los días parte de nuestra historia, nuestras hazañas y nuestras desilusiones. También le enseñamos la historia de nuestros hermanos, entre ellas una historia que guardo con mucho respeto sobre la sublevación en la tierra de los Aytises. La historia es asi:

Hatuey, un cacique que llegó en canoa desde "Santo Domingo" como se le llama ahora a esas tierras, se encargó de organizar la sublevación. Antes tomó una canasta llena de oro y le dijo a sus guerreros: "Este es el señor de los españoles, por tenerlo nos angustian, por él nos persiguen, por él han dado muerte a nuestros padres y hermanos, por él nos maltratan.

La rebeldía se contagia y los enemigos se empeñan en capturar al jefe rebelde. En pocos meses los blancos hacen cautivo al gran cacique. Los pájaros como el trueno y la lluvia llevan y traen la voz entre los vivos y los muertos. La tristeza corre por las aguas del río Toja, amarillea las hojas de los árboles, sube la montaña y nubla el cielo.

Desde sus escondites serranos, las tribus piden al gran sol, dueño de todos los poderes del universo, que "entregue al gran cacique toda la fuerza que necesita para resistir al castigo. Que la luz de su cuerpo no se apague ni con el viento de los huracanes, ni con la voz del trueno, ni con la lluvia de los diluvios".

En los alrededores, en la explanada que lleva al mar, en el descampado de Yara, los españoles invocan nuevamente la muerte del fuego. El hereje es el cacique Hatuey. La hoguera, el vino y el festejo son partes del rito preparado por los europeos. Un sacerdote conversa con el indio:

– Hijo no temas a la otra vida. Esta vida no es la única que has de vivir. Si tu alma acepta el bautismo, irás al reino de los cielos donde Cristo es rey.

– ¿Y quiénes viajan a ese reino?

– Los cristianos, los hombres buenos.

– ¿Y los españoles son cristianos?

– Sí, ellos creen en Cristo… son hijos de Dios…

– Entonces yo no tengo que hacer nada entre ellos. Mi alma no puede caminar con el alma de los españoles. Ella debe ser libre y vivir en el territorio que separa el reino del cielo del reino de la tierra.

– Ave María Purísima. Dios perdone tu rebeldía. Entre las llamas, la imagen luminosa de Hatuey va desapareciendo. El sacerdote observa…

Los viejos sabios indígenas hablan con el sol: "Que la luz de su cuerpo no se apague, ni con el viento de los huracanes, ni con la voz del trueno, ni con la lluvia de los diluvios, ni con el camino de los tiempos".

Esa historia vibra con mi goeiz como vibra la historia de mi pueblo.

Nuestro hijo abre sus brillantes ojos mientras escucha atento la historia, conoce lo que fue, lo que es y lo preparamos para lo que será. Jaguán conoce la razón del respeto a todos, el amor a todo y la libertad para todos.

Con mi amado esposo y mi hijo, aquí en el anonimato y cautiverio he de mantener la sangre taina corriendo pura por las arterias de mis descendientes.

Sangre que se mezcla con la sangre de los nuevos esclavos negros, con la sangre de los invasores que dominan la isla por la fuerza y se mezclará con la sangre de los invasores que puedan llegar en los tiempos por venir.

Juro por los dioses que nuestra sangre no desaparecerá jamás de nuestra Borikén. De nuestro Ou bao Moin.

El sol sale todos los días, y la lluvia baña la tierra. Los árboles verdes crecen y el mar retoza con la arena. El rio Guaynía mantiene su cauce y la naturaleza no ha dejado de ser, aunque no es como antes era.

Y el juramento de Yuria se hizo realidad, en un estudio realizado se ha demostrado que la mayoría de los puertorriqueños cargan aún una descendencia genética irrefutable de ascendencia indígena. El estudio reflejó que un 63.3% de los residentes de Puerto Rico cargan por la línea materna un ADN indígena, un 27.72% lo cargan de origen africano y sólo un 11.5% lo tiene de origen indo asiático occidental (europeo)

La presencia taina sigue viva en nuestra amada y maltratada Borikén.

Notas:

"La vida me dio una patada" así me dijo un buen amigo cuando perdió a su hijo y la frase quedó martillando mis entrañas. La hice mía por la carga del dolor inexplicable que infiere. Es una frase razonable, en pocas palabras describe perfectamente el sentimiento humano de impotencia. Puede ser una patada personal o colectiva la que da la vida. Una gran patada histórica es la que la vida dio a América, la patada mortal que propulsa éste escrito.

Trata sobre Cristóbal Colón, el "descubrimiento" y la malsana colonización de nuestra querida América.

El "gran" descubridor cuyo nombre es ensalzado en el himno patrio y su escultura adorna varios lugares de nuestros países, el hombre que abrió la compuerta del asco, el odio, la avaricia y la prepotencia en unas tierras nobles cuyo único propósito de vida era vivir en común unión con la naturaleza.

Se enseña en nuestras aulas que los indios que poblaban nuestras tierras eran unos "vagos" y los colonizadores muy trabajadores y superiores a nivel de crear en los estudiantes una gran admiración por los que en realidad vinieron a matar, destruir y robar nuestro patrimonio.

Los indios no eran vagos, conocían muy bien la verdad de la vida, cosechaban para comer y todo lo compartían justamente. No conocían el amor y el interés por el oro o riquezas materiales, cuidaban la tierra y su entorno. Vivian en paz, dulces y sonreídos amando y endiosando la naturaleza de manera politeísta.

Eran felices, dejaban fluir de manera natural y propia sus vidas así como fluyen las aguas de los ríos en su largo camino al mar.

Pero llegó el fatídico descubrimiento y la colonización de nuestras tierras y la patada que nos dio la invasión fue mortal.

En memoria y justicia a mis amados ancestros y los ancestros de toda América surgió este escrito, aunque de manera incontenible la vida nos siga pateando.

Quedaron escritas para siempre palabras que describen la triste historia de nuestra amada América. Palabras que taladran nuestros huesos y nos llenan de tristeza, eco de la amargura que no borran los siglos.

El histórico y cruel exterminio de los aborígenes de América fue sellado con el pacto del silencio. En algunos países se ha mantenido viva una gran mentira para que no se entere el mundo de lo que ocurrió en nuestras tierras. ¿Porqué callar un holocausto de tal magnitud?

La realidad es que el exterminio de dos millones de aborígenes se llevó a cabo por unos cinco mil hombres que entre 1492 y 1509 que llegaron desde gradas del trono, de los muros de Granada y de las cárceles de Sevilla, Cádiz y Huelva en España.

Una historia bañada de sangre que duró desde 1492 hasta 1511. En solo veinte años los españoles exterminaron a cañonazos, crueldad, hambre y hostilidad irrazonable a toda la población aborigen de Puerto Rico, Santo Domingo, Cuba, y Jamaica.

Unos trescientos invasores salieron de la hermana tierra de Santo Domingo a exterminar a los 600.000 aborígenes de Puerto Rico. Otros invasores de igual procedencia extinguieron al millón aborígenes de Cuba y sesenta invasores redujeron a cien los 40.000 aborígenes de Jamaica.

El Dr. Francisco Herrera Luque en su análisis científico sobre la criminalidad de los Viajeros de Indias, nos informa: "La característica patológica más sobresaliente de la Conquista es la criminalidad de sus autores. No hay expedición, ni descubrimiento, que no tenga en sus anales el asesinato y la violencia como el signo más constante. Desde el Fuerte de la Natividad, primer asiento de los españoles en el Nuevo Mundo, hasta el más apacible paraje, dieron muestras de la ferocidad más despiadada e inhumana. El empalamiento, la ceba del perro, la cadena, el garrote lento, la hoguera, el hierro al rojo vivo, las heridas con sal, son procedimientos que utilizaron desde los asesinos públicos como Carvajal, hasta hombres como el virrey Mendoza en México."

La brevísima Relación de la Destrucción de las Indias de Fray Bartolomé es un verdadero tratado de la criminalidad y el sadismo de los españoles en América.

Bartolomé de las Casas ante las crueldades vistas le escribió a Carlos V:

(Fragmentos de la carta)

"Considerando, pues, yo (muy poderoso señor), los males e daños, perdición e jacturas[4] (de los cuales nunca otros iguales ni semejantes se imaginaron poderse por hombres hacer) de aquellos tantos y tan grandes e tales reinos, y, por mejor decir, de aquel vastísimo e nuevo mundo de las Indias, concedidos y encomendados por Dios y por su Iglesia a los reyes de Castilla para que se los rigiesen e gobernasen, convirtiesen e prosperasen temporal y espiritualmente, como hombre que por cincuenta años y más de experiencia, siendo en aquellas tierras presente los he visto cometer; que, constándole a Vuestra Alteza algunas particulares hazañas de ellos, no podría contenerse de suplicar a Su Majestad con instancia importuna que no conceda ni permita las que los tiranos inventaron, prosiguieron y han cometido [que] llaman conquistas, en las cuales, si se permitiesen, han de tornarse a hacer, pues de sí mismas (hechas contra aquellas indianas gentes, pacíficas, humildes y mansas que a nadie ofenden), son inicuas, tiránicas y por toda ley natural, divina y humana, condenadas, detestadas e malditas; deliberé, por no ser reo, callando, de las perdiciones de ánimas e cuerpos infinitas que los tales perpetraran, poner en molde algunas e muy pocas que los días pasados colegí de innumerables, que con verdad podría referir, para que con más facilidad Vuestra Alteza las pueda leer."

"Y puesto que el arzobispo de Toledo, maestro de Vuestra Alteza, siendo obispo de Cartagena me las pidió e presentó a Vuestra Alteza, pero por los largos caminos de mar y de tierra que Vuestra Alteza ha emprendido, y ocupaciones frecuentes reales que ha tenido, puede haber sido que, o Vuestra Alteza no las leyó o que ya olvidadas las tiene, y el ansia temeraria e irracional de los que tienen por nada indebidamente derramar tan inmensa copia de humana sangre e despoblar de sus naturales moradores y poseedores, matando mil cuentos de gentes, aquellas tierras grandísimas, e robar incomparables tesoros, crece cada hora importunando por diversas vías e varios fingidos colores, que se les concedan o permitan las dichas conquistas (las cuales no se les podrían conceder sin violación de la ley natural e divina, y, por consiguiente, gravísimos pecados mortales, dignos de terribles y eternos suplicios),"

"Lo cual visto, y entendida la deformidad de la injusticia que a aquellas gentes inocentes se hace, destruyéndolas y despedazándolas sin haber causa ni razón justa para ello, sino por sola la codicia e ambición de los que hacer tan nefarias obras pretenden,"

"Todas estas universas e infinitas gentes a todo género crió Dios los más simples, sin maldades ni dobleces, obedientísimas y fidelísimas a sus señores naturales e a los cristianos a quien sirven; más humildes, más pacientes, más pacíficas e quietas, sin rencillas ni bullicios, no rijosos, no querulosos, sin rencores, sin odios, sin desear venganzas, que hay en el mundo. Son asimismo las gentes más delicadas, flacas y tiernas en complisión[6] e que menos pueden sufrir trabajos y que más fácilmente mueren de cualquiera enfermedad, que ni hijos de príncipes e señores entre nosotros, criados en regalos e delicada vida, no son más delicados que ellos, aunque sean de los que entre ellos son de linaje de labradores.

Son también gentes paupérrimas y que menos poseen ni quieren poseer de bienes temporales; e por esto no soberbias, no ambiciosas, no codiciosas. Su comida es tal, que la de los sanctos padres en el desierto no parece haber sido más estrecha ni menos deleitosa ni pobre. Sus vestidos, comúnmente, son en cueros, cubiertas sus vergüenzas, e cuando mucho cúbrense con una manta de algodón, que será como vara y media o dos varas de lienzo en cuadra. Sus camas son encima de una estera, e cuando mucho, duermen en unas como redes colgadas, que en lengua de la isla Española llamaban *hamacas*."

En estas ovejas mansas, y de las calidades susodichas por su Hacedor y Criador así dotadas, entraron los españoles, desde luego que las conocieron, como lobos e tigres y leones cruelísimos de muchos días hambrientos. Y otra cosa no han hecho de cuarenta años a esta parte, hasta hoy, e hoy en este día lo hacen, sino despedazarlas, matarlas, angustiarlas, afligirlas, atormentarlas y destruirlas por las extrañas y nuevas e varias e nunca otras tales vistas ni leídas ni oídas maneras de crueldad."

"A estas dos maneras de tiranía infernal se reducen e ser resuelven o subalternan como a géneros todas las otras diversas y varias de asolar aquellas gentes, que son infinitas."

"La causa por que han muerto y destruido tantas y tales e tan infinito número de ánimas los cristianos ha sido solamente por tener por su fin último el oro y henchirse de riquezas en muy breves días e subir a estados muy altos e sin proporción de sus personas (conviene a saber): por la insaciable codicia e ambición que han tenido, que ha sido mayor que en el mundo ser pudo, por ser aquellas tierras tan felices e tan ricas, e las gentes tan humildes, tan pacientes y tan fáciles a sujetarlas; a las cuales no han tenido más respecto ni dellas han hecho más cuenta ni estima (hablo con verdad por lo que sé y he visto todo el dicho tiempo), no digo que de bestias (porque pluguiera a Dios que como a bestias las hubieran tractado y estimado), pero como y menos que estiércol de las plazas."

"aunque sean los tiranos y matadores, la saben e la confiesan: que nunca los indios de todas las Indias hicieron mal alguno a cristianos, antes los tuvieron por venidos del cielo, hasta que, primero, muchas veces hubieron recebido ellos o sus vecinos muchos males, robos, muertes, violencias y vejaciones dellos mesmos."

"Pasaron a la isla de Sant Juan y a la de Jamaica (que eran unas huertas y unas colmenas) el año de mil e quinientos y nueve los españoles, con el fin e propósito que fueron a la Española. Los cuales hicieron e cometieron los grandes insultos e pecados susodichos, y añadieron muchas señaladas e grandísimas crueldades más, matando y quemando y asando y echando a perros bravos, e después oprimiendo y atormentando y vejando en las minas y en los otros trabajos, hasta consumir y acabar todos aquellos infelices inocentes: que había en las dichas dos islas más de seiscientas mil ánimas, y creo que más de un cuento, e no hay hoy en cada una doscientas personas, todas perecidas sin fe e sin sacramentos."

López de Gomara: "Grandísima culpa tuvieron dellos por tratallos muy mal, acodiciándose más al oro que al prójimo". De la generalidad de los hombres que vinieron a Indias, los acusa de haber matado a muchos indios, habiendo "acabado todos muy mal. Parésceme que Dios ha castigado sus pecados por aquello"

A Balboa lo llama rufián y esgrimidor; a Enciso, bandolero y revoltoso. Sobre Pedro de Heredia, el de Cartagena, anota: "Mató indios. Tuvo maldades y pecados por donde vinieron a España presos él y su hermano".

A Cortés le señala "como cosa fea e indigna de un gran rey la tortura y muerte de Guatenogén. De Pedro de Alvarado escribe: "Era hombre suelto, alegre y muy hablador, vicio del mentiroso. Tenía poca fe en sus amigos y así lo notaron de ingrato y aún de cruel los indios".

Fray Antonio de Montesinos clamaba en 1511, de esta forma, contra los conquistadores: "¿Con que derecho y con qué justicia tenéis en tan cruel y horrible servidumbre aquestos indios? ¿Con qué autoridad habéis hecho tan detestables guerras a estas gentes que estaban en sus tierras mansas y pacificas?".

Fray Matías de San Martín, Obispo de Charcas, escribe: "é ansí aujetaron la tierra robando y matando y no guardando no digo ley divina, pero aún natural". El Obispo califica de nefando el modo que se empleara en descubrir y poblar".

Fernández de Oviedo afirma que en el régimen de Pedrarias murieron en Centro América dos millones de indios

Motolinía, a quien no se puede acusar de parcialidad por Las Casas, asienta en su libro Historia de las Indias de la Nueva España que "fueron tantos los indios que murieron en las minas de Oaxyecas que en media legua a la redonda los españoles tenían que andar pisando cadáveres y huesos, y que eran tantos los pájaros que acudían a comer la carroña que obscurecía el firmamento".

El Obispo de Landa escribía en su Relación de las cosas de Yucatán que "algunos españoles llegaron a pensar que quizás hubiese sido mejor que no se descubriesen las Indias, ya que la conquista proporcionó a los indios tales calamidades".

El gobernador de Nicaragua, Francisco de Castañeda, que "a la menor provocación e incluso sin provocación alguna, los españoles, montados a caballo, derribaban a los indios, incluyendo mujeres y niños, y los lanceaban".

"El oficial real Alonso de Zurita afirmaba haber oído decir a muchos españoles de la Provincia de Popayán que los huesos de los indios abundaban tanto a lo largo de los caminos que no había peligro de extraviarse".

Hernán Cortés no vacila en confesar que "la mayoría de los españoles que aquí pasan son de baja manera, fuertes y viciosos de diversos vicios y pecados".

Bernal Díaz del Castillo, su fiel amigo y cronista, cuenta en su Historia de la Nueva España el desagrado que a todos aquellos endurecidos soldados les produjo el ajusticiamiento de Guatemozín: "E fue esta muerte que les dieron muy injustamente, e pareció mal a todos los que íbamos".

Bernal Díaz del Castillo Refiriéndose a los conquistadores de Honduras escribió: "Pluguiera a Dios que nunca a tales hombres enviaran, porque fueron tan malos y no hacían justicia ninguna porque además de tratar mal a los indios, herraron muchos de ellos".

Cieza de León, soldado, cronista y presunto aventurero, tiene para los conquistadores duros reproches. Dice en al poemio de su celebrada obra La Crónica del Perú: "no pocos (españoles) se extremaron en cometer traiciones, tiranías, robos y yerros". Más adelante señala como los indios "padecieron crueles tormentos, quemándolos y dándoles otras recias muertes". Dice que "en Panamá apenas quedan indios porque todos se han consumado por malos tratamientos que recibieron de los españoles". A Gonzalo Pizarro y a sus capitanes les acusa de crueles. Iguales términos emplea sobre Belalcázar, el Mariscal Jorge Robledo y Francisco Carvajal.

Igual que López de Gomara, considera que las muertes desastradas y miserables que tuvieron los ejecutores de Atahualpa, son un castigo enviado por Dios contra semejantes tiranos. Los juicios de residencia contra los gobernadores, nos revelan claramente la criminalidad de hombres como

Alvarado, Belalcázar y Antonio de Mendoza, virrey de México.

"La investigación secreta contra el virrey Antonio de Mendoza contiene esta acusación: Que después de la captura de la colina de Mixtón, muchos de los indios cogidos en la conquista fueron muertos en su presencia y por órdenes suyas. Algunos puestos en fila y hechos pedazos con fuego de cañón, otros fueron despedazados por perros y otros fueron entregados a negros para que los mataran, cosa que hicieron a cuchillo o colgándolos. En otros lugares los indios fueron arrojados a los perros en su presencia".

Hanke que "algunas de las más reveladoras descripciones de la crueldad española encontraron cabida en órdenes reales, tanto que a Juan de Solórzano, jurista del siglo XVII, se le mandó a quitar del manuscrito de su Política Indiana el texto de algunas reales órdenes sobre el mal trato dado a los indios, para evitar que estas cosas llegasen a conocimiento de los extranjeros

Federman, el cruelísimo lugarteniente de Alfinger, que por no detenerse a desatar la cadena donde llevaba los cautivos les corta la cabeza, escribía estas líneas respecto a los indios de Santo Domingo: "De quinientos mil habitantes de toda clase de naciones y lenguas desparramados en la isla hace cuarenta años, no quedan veinte mil con vida, porque han muerto una gran cantidad de una enfermedad llamada viruela, otros han perecido en las guerras, otros en las minas de oro donde los cristianos los han obligado a trabajar contra sus costumbres, porque es un pueblo débil y laborioso. He aquí por qué en tan corto espacio de tiempo, una multitud tan grande se ha reducido a tan pequeños números".

Sobre este particular observa Luis Aznar: "Todos los historiadores de la época están de acuerdo sobre la rapidez con que los españoles despoblaron la isla de Santo Domingo, tal como lo señaló el Padre de Las Casas".

Fray Bartolomé de Las Casas pasó por segunda vez al Nuevo Mundo con la flota del gobernador Ovando. De él dice: "Este caballero era varón prudentísimo y digno de gobernar mucha gente pero no indios, porque con su gobernación inestimables daños les hizo".

Al poco tiempo de haber llegado este comendador de Lares, se inicia otra matanza contra los indios en La Española: la guerra de Saona: Cuatrocientos españoles, al mando de Juan de Esquivel, salieron en dirección de esa provincia. "Llegados a ella encontraron a los indios aparejados para pelear y defender sus tierras. El choque entre españoles e isleños fue tal que en una hora los caballeros alancean a dos mil dellos". Desnudos y sin protección como estaban, las ballestas y las espadas que partían a un indio de un tajo hacen la más espantosa carnicería. Incapaces de resistir las cargas de caballería "teniendo como único escudo la barriga", la indiada se bate en retirada huyendo desesperada por montes y breñas. Los persiguen hasta los más recónditos escondrijos del monte divididos en cuadrillas "donde hallándolos con sus mujeres e hijos, hacían crueles matanzas en hombres, mujeres y niños y viejos sin piedad alguna, como si en un corral desbarrigaran y degollaran corderos".

A los que dejaban vivos les cercenaban los brazos hasta el hollejo con estas órdenes: "Anda, lleva a vuestros señores esta carta, conviene saber esas nuevas". Probaban sobre los prisioneros el filo de sus espadas y sobre ellos hacían apuestas.

A los jefes que agarraban los quemaban vivos, entre ellos a una anciana cacica de nombre Higuanamá

Pasados unos días y como considerasen que ya estaban más que escarmentados los aborígenes, Juan de Esquivel para cerrar con broche de oro aquella orgía de sangre ordenó que mataran a setecientos prisioneros: "Métanlos en una casa y los pasan a todos a cuchillo", mandando a su capitán que los pusieran alrededor de la plaza a título de recordatorio. De esta manera dejaron aquella isleta destruida y desierta, siendo el alholí del pan por ser muy fértil".

"Esto acaeció en esta guerra y fue público y notorio". Los indios circunvecinos horrorizados de tal espanto depusieron las armas enviando a decir a los españoles "que ellos les servirían, que más no les persiguiesen".

En 1552, cuando López de Gomara escribe su Historia de las Indias, observa sobre Cuba: "Era muy poblada de indios. Murieron muchos de trabajo. Así no quedó casta dellos".

De alas Antillas partieron hacia Panamá y México, para luego extenderse hacia el Sur y hacia el Este, hacia el reino Maya y las tierras australes de los araucanos. Muchos son como Francisco Pizarro, veteranos que se vinieron con Colón y que saltaron n de isla en isla y de gobernación en gobernación.

"La sombra fatídica de su crueldad se va extendiendo por América como un clamor".

No hay expedición ni gobernador a quien la historia no señale ni inculpe por sus matanzas y crueldades. La sangre vertida en Puerto Rico, Santo Domingo, Cuba y las

demás Antillas es la misma sangre que se vertió desde Norte
América hasta la Patagonia.

El Libertador, refiriéndose a los españoles, exclama: "Todo
lo que nos ha precedido está envuelto con el negro manto
del crimen. Somos un compuesto abominable de esos tigres
cazadores que vinieron a América a derramarle su sangre".